走れ! T校バスケット部8

松崎　洋

幻冬舎文庫

走れ！　T校バスケット部8

走れ！　T校バスケット部8——目次

【主な登場人物】

〈T校バスケット部関係〉

田所陽一　T校からW大へと進み、バスケの花形選手として活躍する。プロからの誘いを断り、指導者として教師の道に進む。

牧園浩司　「のぞき魔」。無類の女性好き。Mデパート勤務。岩崎真由美にフラれたばかり。

矢嶋俊介　敬虔なクリスチャン。モガンボと共に、シエラレオネ共和国の再建に尽くす。

川崎裕太　「チビ」。美香と結婚し寿司政を営む。

斎藤健太　怪我でバスケットを断念。大食いの特技を生かし、フードファイターへ転身。

根来　修　「コロ」。脚本家としてデビューするも、小説家への夢を諦めきれない。

川久保透　「メガネ」。日本陸上短距離界のエース。

加賀屋涼　陽一の指導でチームプレイに目覚める。プロのバスケット選手を目指す。

レギュラーチーム　相原、影山、内田、町田、幡垣。

小山先生　T校バスケット部顧問。憎めないキャラクターで生徒から慕われる。

佐藤　準　bjリーグのスター選手。小山先生の甥でもある。

佐藤浩子　元T校バスケ部マネージャーで陽一と交際中。佐藤準の妹。

〈神津高校関係〉

尾上慎二　数学教師として赴任。島の生活に退屈している。年が近い陽一と親しくなる。

石野田智花　一年生。五歳で父を亡くし、居酒屋「水配り」で母を手伝う。歌手志望。

新海　勤　一年生。恵まれた肉体と高い身体能力を持つ。負けず嫌いだが勉強は苦手。

神谷勇樹　転校して間もないせいか、無口で友達もいない。謎の存在。

その他の一年生　中津美千代、磯辺義男、大島晋二、安住理奈、小島、稲城。

〈シエラレオネ関係〉

モガンボ　シエラレオネ共和国の憂国青年。内戦で荒廃した祖国の復興に力を尽くす。

イブラヒム　モガンボの同志。復興事業に関わる。

ファッツマタ　モガンボたちが開墾した土地に入植してきた。チャンバラ（五歳）の母親。

ダンバラ　英国で教育を受け、フリータウンの学校で子供たちに勉強を教える女性。

オマール　十五歳で身長が二メートル近い。俊介がバスケットを教えるのを夢見る。

〈無料塾関係〉

薄野賢司　無料塾の塾長。災害で右手と記憶を失う。著作がベストセラーとなる。

薄野奈々　賢司と結婚。旧姓は村上。西尾老人の面倒を見ている。清志とかなえの母。

西尾老人　自宅を薄野賢司に提供し、無料塾を手伝う。名犬タロウの調教師でもある。

山形伝蔵　大手自動車メーカー会長。無料塾の良き理解者でありスポンサーでもある。

〈その他〉

瀬尾　Fテレビ局ディレクター。T校バスケ部のメンバーとは不思議な縁がある。

西川真湖　美人占い師。タロット占いの第一人者ジェシカから手ほどきを受ける。一時、のぞき魔と付き合っていた。

ゴカイの哲次　ホームレス時代の賢司と苦楽を共にした仲。元妻との復縁を果たす。

長谷川玉樹　多くの占い師から推薦され、日本一の占い師としてテレビ番組に出演。

豆腐屋の留吉　賢司の同級生。賢司の過去を探していた陽一たちと以前出会っている。

岩崎真由美　のぞき魔と交際するが、彼の無神経さについていけず、一方的に別れる。

吉岡良平　トライアウトで加賀屋と仲良くなる。

第一クォーター　新天地

ブォー。

高速船の汽笛が鳴った。ゆっくりと竹芝桟橋《たけしばさんばし》を離れたセブンアイランド号は、穏やかな海面を滑《すべ》るように進んでいった。

手を振る浩子の姿が、もう豆粒大にしか見えない。いつでも近くにいてくれた浩子とも、しばらくの間会えなくなる。

（もう十年か……）

高校二年のときに彼女と知り合い、青春を共に歩んできた。一緒にいて楽しかったし、なんでも話し合うことができた。浩子との思い出が次から次へと浮かんでくる。辛《つら》く苦しく悲しいときも常に一緒に悩み、そばで支えてくれた。浩子のいない人生など考えられなかった。だが俊介と中里ルミの例がある。遠く離れていることが、二人の別れの原因の一つになるかもしれない。

（大丈夫だろうか？　いや大丈夫だ）

陽一は、コンテナが何段も積み上げられている埠頭《ふとう》を右手に見ながら自問自答した。

（浩子なら絶対に大丈夫だ）

一抹《いちまつ》の不安をかき消し、陽一は船内に目をやった。夏休み最後の休日ということもあって、家族連れが目立つ。

「ママ、本当にイルカさんと一緒に泳げるの？」

陽一のひとつ前の席に座っている女の子が、母親に尋《たず》ねているのが聞こえてきた。

「本当よ。イルカさんが早く来てくれないかなあって待っているわよ」

期待に胸を膨《ふく》らませている娘を、優しく見つめる母親の表情に深い愛情が感じられた。

「どちらまで行かれるんですか？」

二階客船室の窓際の席に座っている陽一に、隣にいた中年の男性が声をかけてきた。

「神津島《こうづしま》です」

陽一が答えると、男は話好きらしく次から次と喋《しゃべ》りだした。

「私も神津島に行くんです。二泊三日で釣りを楽しもうと思って」

男が嬉《うれ》しそうに釣《つ》り竿《ざお》を投げ入れるような手つきを交えながら話した。

「何が釣れるんですか？」

関心はなかったが、挨拶《あいさつ》がわりに尋ねてみた。

「今日は、前浜桟橋で釣りをしようと思っているんです。まずムロアジを釣って、それを餌《えさ》にカンパチを狙《ねら》ってみようと意気込んではいるんですが、うまくいくかどうかは分かりませんね」

「カンパチが釣れるんですか」

少し驚いたように陽一が言った。

「運が良ければ、五キロの大物がかかるかもしれないし、もっと大きなヒラマサだって釣れるかも」

釣りに関して何の興味も持っていない陽一には、男の話す内容の半分すらも理解できなかった。

最大速力四十四ノット、時速に換算すると約八十キロの速度を出せるジェット船は、二人が話をしている間に三浦半島の突端、城ヶ島にさしかかっていた。

東京湾内は波も穏やかだったが、外洋に出ると波は大きく高くなり、海面も色濃くなったように見えた。だが、大型海洋生物との衝突を避けるためにスピードを落とした海域以外は、前後の水中翼のおかげで船体は海面から完全に浮き上がって航行するため、波の影響はほとんど受けなかった。

出港から二時間弱で、船は伊豆大島の岡田港に接岸した。伊豆諸島最大の島、大島は農漁業だけでなく観光にも力を入れており、そのせいもあって乗客の六割以上の人がここで下船した。空席が目立つようになると、陽一の隣に座っていた釣り好きの男が席を移動してくれた。一人になった陽一は、朝が早かったこともあって少しの間まどろんだ。

「さあ、着いたわよ」

前に座っていた親子が下船の準備を始めたのがきっかけで、陽一は目を覚まし、船が利島《としま》に着いたことを知った。

「気をつけて歩くのよ」

座っているときには気がつかなかったのだが、女の子は足に障害があるらしく、通路をぎこちない足取りで出口に向かっていた。

(イルカに会えるといいけど)

イルカには人を癒《い》やす神秘的な力があるという。女の子の後ろ姿を見ながら、陽一は彼女の願いが叶《かな》うことを祈った。

その後、船は新島《にいじま》、式根島《しきねじま》に寄港し、十二時二十五分に神津島に到着した。

東京から百七十八キロ離れている神津島は、東西四キロ、南北七キロの小さな島で、流紋岩《りゅうもんがん》の溶岩台地から成り、中央に海抜《かいばつ》五百七十一メートルの天上山《てんじょうさん》がそびえ立っている。

集落は高処山《たこうさん》の西方の裾野《すその》に密集していて、島に住む多くの人々は農業や漁業を生《なり》業《わい》として暮らしている。

陽一が赴任《ふにん》する都立神津《こうづ》高校《こうこう》は、港から一キロほど南の高台にあり、十五分も歩けばたどり着く距離だった。陽一は海水浴客で賑《にぎ》わう前浜海岸に沿って、神津新道を歩いた。

「暑いなあ」

額から吹き出る汗を拭《ぬぐ》いながら、陽一は誰《だれ》に言うでもなく呟《つぶや》いた。降り注ぐ日の光を遮《さえぎ》るものは何もなく、アスファルトの道路からの照り返しが強烈だった。

やがて道路は海岸線をそれて大きく左に曲がり始めた。

もう、神津高校は目と鼻の先にある。新道を離れて、高台にある校舎へ向かう急な坂道を登りながら、陽一は眼前に広がる光景に目を奪われ、しばらくの間その場に立ち止まった。見下ろす海はどこまでも青く、生まれては消えてゆく白い波は、悠久《ゆうきゅう》の時を刻むかのようにいつ果てることもなく繰《く》り返されていた。

「田所先生ですか？」

L字型の白い校舎の西側にある玄関の前に陽一が立つと、中からアロハシャツを着た二十代後半の男が顔を出した。

「はい。田所陽一です」

陽一は名前を言ったあと、深々と頭を下げた。

「数学の教師をしている尾上《おのうえ》慎二です。遠いところ、ご苦労さまです。本当は港まで迎えに行くつもりだったんですが、なにしろ当直が私一人だったもんですみません。お疲れでしょうから、先に教職員宿舎のほうにご案内しましょう」

教職員宿舎は島内に三カ所あるのだが、尾上が案内してくれたのは学校のすぐ前にある三階建ての建物だった。

「一階の私の部屋の隣が空いてますから」

鍵を受け取り、陽一は部屋の中に入ってみた。六帖《じょう》の畳の部屋と台所、トイレと浴室も室内に完備されていた。生活するうえで何の不便もなさそうだったが、長年人が住んでいなかったらしく、白い埃《ほこり》が至る所に見受けられた。

「田所先生は、いける口ですか？」

尾上が親指と人差し指で輪っかをつくり、お猪口《ちょこ》で一杯飲む仕種《しぐさ》をした。

「いや、アルコールは駄目なんです」

申し訳なさそうに、陽一は頭を横に振った。

「残念だなあ。でも、今夜は一緒に居酒屋に行きましょう」

自炊《じすい》の道具もまだ完全に揃《そろ》えていなかった陽一は、尾上の申し出を素直に喜んだ。

「まだ仕事をしなくちゃいけないんで、五時過ぎに迎えに来ます」

尾上が去ったあと、部屋に一人きりになった陽一は、荷物を解《ほど》きながら島での生活に不安を抱いた。神奈川のN校に赴任したとき、陽一は一人暮らしも自炊の経験もした。だが都会と違って、おそらく島の中にコンビニはないだろう。食材を買い求めるスーパーも近くにあるかどうか疑問だった。

（少し近くを歩いてみよう）

簡単に拭《ふ》き掃除《そうじ》を済ますと、陽一は海と反対側の民家が密集している方向に歩き始めた。ほんの少し歩いただけで、先刻までの不安は払拭《ふっしょく》された。七島信用組合の建物の中にはＡＴＭが備え付けられていたし、そこから五十メートルほど歩いた先には、スーパーマーケットもあった。都会のスーパーと比べたらその規模は比べものにならないほど小さかったが、魚、肉、野菜などは申し分ない品揃えだった。

日用品のコーナーでフライパンと小さな鍋を買い求めると、陽一はスーパーを出てさらに散策《さんさく》を続けた。入り組んだ道は、車なら一台がやっとという狭さだった。当然一方通行の道が多く、慣れないと運転するのが難しそうだ。

歩くこと一時間、陽一は再び前浜海岸の前に立っていた。先ほどの賑わいとは打って変わって海水浴客もまばらで、道の横に設けられたステンレス製の手摺《てす》りの上には数羽の黒い鳥がとまっていた。

黒い鳥の正体はカラスで、その体は大きく丸々と太っていた。おそらく海水浴に来た人たちが残していった食べ物を狙っているのだろう。陽一が近づいても微動《びどう》だにせず、無表情な様子からはふてぶてしささえ感じられた。山の方向から次々に飛来してくるカラスの群れは、陽一など眼中にないのか、頭上すれすれを滑空《かっくう》してくると横一列になって手摺りに摑《つか》まった。まるでヒッチコックの映画『鳥』を見ているようで、いつ襲ってくるかと身構えてしまうほど不気味だった。

陽一が散策をしている間、尾上は当直の仕事を続けていた。仕事といっても、かかってくる電話に出て用件を聞くのと、訪ねてきた人への応対ぐらいしかなく、この日はほとんど仕事らしい仕事はなかった。

尾上はまだ二十代と若く血気盛んな年頃《としごろ》だったので、島での生活に正直うんざりしていた。釣り好きだった彼は、神津島への転勤が決まったとき、釣り三昧《ざんまい》の日々が送れると両手《もろて》を挙《あ》げて喜んだ。だが、楽しかったのも最初のうちだけで、半年も過ぎると心境に変化が生じてきた。釣りやダイビング以外、これといった娯楽のない島の生活に飽《あ》き始め、土曜日曜の休日はジェット船に乗って本土に渡り、映画を見たり、友人と会って酒を酌《く》み交《か》わしたりしてストレスを解消させていた。

（田所先生も若いから、きっと退屈するだろうな）

尾上は自分より少し年下の陽一のことを気にかけていた。来年の三月で島での生活も二年になり、転勤が約束されている。それまでの間、陽一の相談相手になってやろうと尾上は思った。

五時になり当直の仕事が終わると、尾上は陽一の部屋に向かった。

「準備ができてたら、行きましょうか」

尾上が声をかけると、シャワーを浴びてすっきりした陽一が、ドアから顔を出した。

宿舎から歩いて五分のところに、尾上が行きつけの居酒屋「水配り《みずくば》」があった。古い民家を改装した店内には、早い時間にもかかわらず、地元の客が数人乾杯を繰り返していた。

「あの人たちは漁師さんなんだ。ここで飲んで一眠りしてから朝早く漁に出るんだよ」

怪訝《けげん》そうな顔をしている陽一に、尾上が説明してくれた。

「先生、今日は飲みすぎないでよ」

席についた尾上に、注文を取りにきた女の子が釘《くぎ》をさした。

「智花《ちか》、お前んちの売り上げに協力してるんだから、文句を言うな」

「先生は気持ちよく酔ってるだけかもしれないけど、世話をするこっちの身にもなってよ。どれだけ大変か、分かってないでしょ」

智花の眉《まゆ》をしかめた顔から判断すると、尾上の酒癖《さけぐせ》の悪さは相当なものだと想像できた。

「智花、山口先生に代わって二学期からお前たちに英語を教えてくれる田所先生だ」

尾上が陽一を智花に紹介した。

「一年生の石野田智花です」

どう見ても高校生とは思えないほど大人びている智花が、ぴょこんと頭を下げた。

「お前は数学と英語が苦手だから、田所先生によく教えてもらうんだぞ」

智花の担任でもある尾上が、真面目な顔をしてそう言った。

「数学は苦手じゃないけど、点数が悪いのは誰かさんの教え方が悪いからよ」

智花は、先生風を吹かす尾上をやりこめると、陽一に視線を移した。

「田所先生に早速教えてもらいたいことがあるんだけど、いいかしら？」

「いいけど、質問は何かな」

陽一が尋ねると、智花が悪戯《いたずら》っぽく笑った。

「先生は、結婚してるの？」

思ってもいなかった問いかけに、陽一は戸惑いを隠せずにいた。

「お前、最初にそれを聞くのか」

尾上が苦笑した。

「だって、独身だったら料理を作るのに困るでしょ。うちのお店のいいお客さんになってもらえるかなと思って聞いたのよ」

智花が明るく笑った。

「何だ、色気じゃなくて商売っ気か」

尾上が智花のおでこを指でつついた。

「君って面白い子だなあ。君の言うように、いい客になりそうだね」

知らない土地、知らない店ということで、陽一はほんの少し緊張していたのだが、智花のお陰《かげ》で肩の力を抜いてリラックスすることができた。

「それって、独身ってことね。それだったらお母さんにお願いして、一杯サービスしてもらうから」

智花は、お客が一人増えそうなのを素直に喜んだ。

「智花、俺も独身だぞ。毎日のように来てるのに、一度もサービスなんかしてくれたことないじゃないか」

尾上が不満そうな顔をした。

「何を言ってるのよ。酔っ払って足元がおぼつかないとき、いつも私が介抱《かいほう》してあげてるじゃない。それって、サービス以上のサービスだと思うんだけど」

智花は、口では誰にも負けそうになかった。

「分かった。分かったよ。それより注文はどうした」

「いけない、いけない、商売、商売。田所先生は何を飲まれますか?」

智花がぺろっと舌を出し、伝票を手にして注文を聞いた。

「ウーロン茶をもらえるかな」

酒は飲めないと陽一が首を横に振ると、智花が信じられないという表情をした。

「島の男の人は皆、酒豪《しゅごう》ばっかりなのに、都会の男の人の中には飲めない人もいるんだね」

「智花、まさかお前も飲んでるんじゃないだろうな」

尾上が疑いの目で智花を見ると、一瞬、間を置いてから彼女が否定した。

「先生は、生《なま》ビールでいいのね」

智花が伝票にウーロン茶と生ビールと記入しようとした。

「田所先生も、生を軽く一杯だけ付き合ってくださいよ。今日は先生の歓迎会のつもりなんだから」

尾上の好意を断るわけにもいかず、陽一はビールを飲む覚悟を決めた。

「智花、ウーロン茶はやめにして、生を二杯と枝豆と何かおいしそうな魚を頼むわ」

陽一と一緒に飲めるのがよほど嬉しいのか、尾上は上機嫌《じょうきげん》だった。

「今朝、お兄ちゃんが獲《と》ってきた金目鯛《きんめだい》があるから、刺身でも煮付けでも好きなものができるわよ」

「それじゃあ、お前の母ちゃんに言って、両方作ってもらってきてよ」

智花は厨房《ちゅうぼう》に声をかけたあと、生ビールのジョッキと枝豆を持って戻ってきた。

「智花、お前もジュースを持ってこい」

尾上が智花に命じた。

「なーんだ、ジュースか」

ちょっぴり不満そうな顔をして智花がジュースを取りに行った。

「田所先生の神津島での初日を祝して、乾杯」

智花が戻ったところで、尾上がジョッキを高くかざして乾杯の音頭をとった。

「智花がお世話になります」

厨房から母親が出てきて、陽一に挨拶をした。

「こちらこそよろしくお願いします」

丁寧《ていねい》に挨拶する母親に陽一も深々と頭を下げた。

「お母さん、今日は先生たちと一緒にここで飲んでてもいい？」

智花が母親に両手を合わせて頼んだ。

「仕方がないわね。じゃあ、あんたの代わりに叔母《おば》さんに来てもらうわ」

母親が、困った子ねと言いたげな表情をした。

「智花、一緒にいてもいいけど絶対にアルコールだけは駄目だからな」

尾上が厳しい顔で念を押し、智花が軽い感じで受け流した。

「ところで、田所先生は釣りをやりますか？」

ジョッキに残ったビールを一気に飲み干すと、尾上が陽一に尋ねた。

「いや、やりません。以前一度だけ秋川渓谷《あきがわけいこく》でマス釣りをしたことがあるんですが、釣った魚の目を見ていると何だか可哀想《かわいそう》な気がして」

　魚が涙を流すのかどうかは分からなかったが、そのとき陽一は魚の目をじっと見ることができなかった。

「そんなのは気のせいですよ。魚には痛点《つうてん》がないっていいますから、彼らは何も感じてないはずですよ」

　尾上の言うとおりかもしれなかったが、魚にも赤い血が流れている以上、素直には信じられない気がした。

「それじゃあ、スキューバダイビングはどうですか？」

「やったことはないですが、一度チャレンジしてみたいです」

　泳ぐのは嫌いではなかったし、機会があれば酸素ボンベを背負って、海底深く潜《もぐ》ってみたいと思っていた。

「両方やったほうがいいですよ。島での生活は単調すぎて、きっと退屈してしまうでしょうから」

　尾上の酒の量が増えたのは、毎日の代わり映えのしない生活のせいだと言っても過言ではなかった。

「校長が島に戻ってくるのは三日後だから、それまで釣りを教えてあげましょう」

「あっ、はい」

断ることもできずに陽一は返事をした。考えてみれば校長に会うまでは、これといってすることがなかっただけに、尾上の申し出はありがたい話ではあった。

「智花、田所先生はバスケットの名選手だったんだぞ」

尾上は校長から聞いて陽一のことをよく知っていた。

「へえー、バスケットが上手《うま》いんだ」

驚いてはみせたものの、智花自身はバスケットにあまり関心がなかった。

「確か、この前のインターハイで先生がコーチした学校が優勝したんですよね」

「ええ、まあそうです」

控え目に陽一が答えた。

「そんなすごい先生が、なんでうちの学校みたいなところに来たの。もったいなくない？」

不思議そうな顔をして、智花が陽一の顔を見た。

「田所先生だったら、私立の名門校からいっぱい声がかかったんじゃないですか？

こいつの言うとおり、うちの学校じゃ宝の持ちぐされですよ。サッカーやバレーなど運動部はあるにはあるんですが、部員は集まらないし、入部してもほとんどが幽霊部員ですからね」

尾上が神津高校の現状を嘆いた。

「バスケット部はないんですね」

「ええ、他にテニス部と卓球部とバドミントン部もありますが、やはり部員はいませんね。神津島の子供たちは中学までは結構人数もいるんですが、高校になると本土の全寮制の学校に行く子が多いんです。それに島に残った子供たちも大事な働き手ということで、ほとんどの子がアルバイトをしていて部活にまで手が回らないみたいです」

尾上もサッカー部の顧問をしているのだが、開店休業という状態が長いこと続いていた。

「お待たせしました」

智花の母親が料理を運んできた。

「お母さん、舟盛《ふなも》りなんてちょっと豪華すぎませんか？」

尾上が財布の中身を心配した。

「先生、舟盛りの刺身はサービスですから、安心して召し上がってください」

アワビや伊勢エビなどの高級食材が舟の上に並んでいた。

「もう何十回も来ているのに、サービスしてもらうのなんて初めてだよ。お母さん、どういう風の吹きまわしだい？」

理由はおおよそ見当がついていたが、尾上はどうしてもひとこと言っておきたかった。

「田所先生を歓迎する意味でサービスしたのよ」

「俺が島に来たときは、そんなことしてくれなかったじゃないか」

尾上が不満を口にした。

「だって先生はイケメンじゃないもの。文句があるんだったら、食べてもらわなくても結構よ」

母親は言うだけ言うと厨房に戻っていった。

「へえー、ケチなお母さんがこんなにサービスするなんて、きっと田所先生のことが気に入ったからだと思うわ。私もごちそうになろうかな」

智花がアワビを箸《はし》でつまんで口に入れた。

「こら、田所先生より先に食べるとは何事だ」

尾上に叱《しか》られて、智花が可愛らしく舌を出した。

「いつも食べてる刺身と全然味が違いますね」

イカの刺身を口にした陽一は、弾力のある食感と、今まで味わったことのないイカ本来の甘みに感動した。

「田所先生、金目鯛の刺身もプリプリしておいしいですよ」

尾上の言うとおり金目鯛も他の刺身同様、新鮮でおいしかった。

「もう一杯飲みましょうよ」

尾上に勧められるまま、陽一はビールをもう一杯頼んだ。普段はおいしいと思わないビールが、なぜかこの日は苦く感じなかった。

智花の母親が調理してくれた金目鯛の煮付けのほどよい甘さも、ビールにはよく合っていて、陽一は後先を考えずにジョッキを重ねていった。

「美千代たちと明日、赤崎で泳ぐ約束をしてるから、先生たちも釣りが終わったら一緒に泳ごうよ。皆に田所先生を紹介してあげたいから」

紫外線など気にしない健康的な顔をした智花が二人を泳ぎに誘った。

「勤《つとむ》も来るのか？」

冷やかすようにして尾上が尋ねた。

「当然でしょ」

動じる様子も見せずに、智花が言い放った。

「勤に用があるから、泳ぎに行く前に前浜桟橋に寄るように言っといてくれ」

「分かった。伝えとく」

陽一はビールを飲みながら、二人の話をぼんやりと聞いていた。

「明日の釣りがあるから、そろそろ帰りましょうか」

尾上がしっかりした口調で帰ろうと言ったとき、陽一はすでに四杯もジョッキを空にしていた。

「智花、勘定《かんじょう》を頼む」

尾上がズボンの後ろポケットから財布を取り出し勘定を払おうとした。

「先生、今日は店の奢《おご》りだからお金はいらないって、お母さんが言ってたよ」

「えっ、本当か。それならもっと飲んでおくんだったな」

冗談なのか本気なのか、尾上が残念そうな顔をした。

「さあ、田所先生帰りましょう」

尾上に言われて、陽一は椅子《いす》から立ち上がろうとした。

「先生、しっかりしてよ」

よろけそうになった陽一の腕を、智花がしっかりと抱えた。

「あっ、ごめん」

智花の手を借りて真《ま》っ直《す》ぐに歩こうとした。だが、どうしても足がもつれてしまい、思うように歩けない。

「あーあ、また厄介《やっかい》な客が一人増えちゃった」

智花が嘆《なげ》いた。

宿舎まで、どうやって帰ったのか覚えていない。ただ、満天に輝く星が綺《き》麗《れい》だったことだけは鮮明《せんめい》に覚えていた。


翌朝、陽一は鳥のさえずりよりも早く起こされた。

「田所先生、起きてください。釣りに行きますよ」

ドアの向こうから尾上の元気そうな声が聞こえてきた。

「おはようございます」

寝ぼけ眼《まなこ》で挨拶はしたものの、まだ昨日のビールが残っているようで頭がくらくらしていた。

「海水パンツを忘れないように」

尾上にそう言われて、釣りだけではなく泳ぐ約束もしていたのを思い出し、陽一は憂《ゆう》うつな気分になった。

「よく眠れましたか？」

尾上が古い軽自動車の前で、陽一が部屋から出てくるのを待っていた。

「ええ、まあ」

曖昧《あいまい》な返事をしたあと、陽一は尾上の運転する車の助手席に腰を下ろした。

「中古の一番安い車を買ったんですよ。新車を買ってもすぐに錆《さ》びついてしまうんです。学校の校舎もコンクリート造りなんですが、海からの塩分を含んだ風のせいで、至る所がひどく傷んでしまっています」

尾上が車が古い理由を説明した。

「そんなに塩害ってすごいんですか？」

「冬を経験したら分かりますよ。海から吹き上げてくる風は台風と同じくらいの強風で、一歩も歩けないどころか、へたをすれば吹き飛ばされるほどの威力《いりょく》があるんです」

尾上の話を聞いて陽一は、島での生活がそれほど甘くはないことを認識した。

「今日はアジを釣ろうと思ってるんです」

「私にも釣れますか？」

一度しか釣りをしたことのない陽一が、自信なさそうに尋ねた。

「大丈夫ですよ。今日の仕掛けはウキ釣りだから、釣り堀で釣りをしているようなもんです。それにアジは季節を問わず釣れますから、何の心配もいりませんよ」

港の駐車場に車を止め、二人は桟橋の突端《とったん》まで歩いていった。

「先生、珍しいじゃないですか」

地元の老人が気さくな感じで尾上に話しかけてきた。

「どうですか、釣れてますか？」

尾上が尋ねると、老人が発泡スチロールの箱のふたを開けて中を見せてくれた。

「結構釣れてますね」

アジが十尾、キスが三尾、箱の中でぐったりとしていた。

「サビキですか」

尾上が老人の仕掛けを見つめて言った。

「サビキって何ですか？」

陽一が初めて耳にする言葉だった。

「サビキ釣りというのは、長い釣り糸にたくさんの針をつけて竿をゆっくりと上下させ、魚皮などの疑似餌《ぎじえ》をあたかも泳いでいるように見せかけて魚を釣る方法のことなんです」

尾上が説明している間にも、釣り人が桟橋に集まってきていた。

「先生、今日は桟橋の北側がよく釣れているみたいだから、ここで釣ったほうがいいよ」

老人の忠告を聞いて、二人はその場で釣り糸を垂れた。

「なかなか当たりがこないなあ」

イワシを細切れにしたコマセを撒《ま》きながら、尾上が首を傾《かし》げた。隣では老人の竿に何回も当たりがきて、そのたびに二尾以上のアジが針にかかっていた。一時間後、波間に浮かんでいた尾上のウキが激しく上下した。

「よしっ」

竿の先端が大きくしなり、大物がかかっている予感がした。尾上はリールを巻きながら確かな手応えを感じ、竿を握る手に力が入った。

「きたっ！」

ゆらゆらと揺れる海面に白い魚影が見えた。

「田所先生、たもをお願いします」

尾上が釣り上げた魚は、五十センチ近くもあるシマアジだった。陽一は空中で大きく跳《は》ねまわるシマアジをたも網ですくった。

「今夜は、シマアジの刺身で一杯飲めそうです」

尾上が会心《かいしん》の笑みを浮かべた。一尾釣れると、まるでそれが誘い水になったかのように、尾上の竿にたて続けに五尾のマアジがヒットした。

「先生、俺に用って何すか・・・？」

真っ黒に日焼けしたがたいのいい青年が、いかにも面倒臭そうな感じで尾上に話しかけてきた。

「勤、二学期からお前たちに英語を教えてくださる田所先生だ」

尾上が陽一を青年に紹介した。

「なんだ、用ってそんなことっすか。つまんねえ」

「馬鹿野郎、つまんねえはないだろう。きちんと挨拶しろよ」

横柄な態度をとっている青年を、尾上が一喝《いっかつ》した。

「一年生の新海《しんかい》勤っす」

どう見ても高校一年生には見えない青年が、いやいや頭を下げた。

「田所陽一です」

挨拶を済ますと陽一は、すぐに勤の引き締まった体に注目した。短パンからのぞいている黒光りした両脚は、スピードスケート選手の筋肉のように盛り上がっていた。

「引き締まったいい体をしているね」

陽一が褒《ほ》めると、悪い気がしないらしく勤が白い歯を見せて笑った。

「こいつ、毎日暇《ひま》があったらベンチプレスで鍛えているんですよ」

尾上が半分呆《あき》れ顔で説明した。

「先生、引いてるぞ」

勤が指摘したように、陽一の釣り糸につけていたウキがピクピクと浮き沈みを始めていた。リールを巻き上げると、竿を持つ陽一の手に確かな手応えが伝わってくる。

「マアジだな」

勤の予想どおり、二十センチほどのマアジが海面から姿を現した。

「駄目だなあ。こうやって針を外すんだよ」

勤が、いとも簡単にマアジの口から釣り針を外してみせた。

「勤、このあと赤崎に行くんだろ。もう少ししたら先生たちも行くつもりだから、車に乗せていってやるよ」

尾上が少しの間釣りに付き合うように言ったが、勤は即座に左右に頭を振った。

「村営バスで行くから大丈夫っす。用がなかったら俺、もう行くから」

「おう、忘れるところだった。お前、夏休みの宿題やっているだろうな。一学期は赤点ばっかりだったから、このままじゃ二年生になれないぞ」

尾上が急に先生らしい顔をした。

「なんとかなるって。義男《よしお》だって俺と大して変わらないんだから」

のんびりした性格なのか、勤は成績が悪いことをあまり気にかけていない様子だった。

「義男はまだ救いようがあるが、お前の場合、宿題もしてないようだったら本当にやばいぞ」

尾上の真剣な表情に、勤は少し心配になったらしく頭を両手で抱え込んだ。

「分かったよ。智花に手伝ってもらって宿題を終わらせるから」

「馬鹿、智花が何の役に立つ。あいつだってお前と似たり寄ったりじゃないか」

やる気になっていただけに、勤の反応は見るに忍びなかった。

「勤君、僕でよかったら明日宿題をみてやろうか。どうせ明日は暇だし、君がどこでつまずいているのか知っておくのも、先生をしていくうえで必要なことだと思うから」

陽一は、無料塾の薄野賢司《すすきのけんじ》だったら同じことを言うだろうと思った。

「田所先生、甘やかしちゃ駄目ですよ」

尾上は個人的に教えるのは、他の生徒に対して不公平だし、そもそも宿題は本人が自分でやるべきものだと力説した。

「先生がおっしゃっていることは確かに正論だと思います。ですが、まだ私は高校の先生にはなってないし、宿題をみてあげるといっても、一人でできるようにしてあげたいだけですから」

陽一も薄野賢司に教えてもらったお陰で、W大に入学できたのだと思っていた。

「そうですか。先生がそこまでおっしゃるならお願いします。勤、お前もちゃんと頭を下げてお願いしろ」

尾上に言われて、勤がぴょこんと頭を下げた。

「智花が待ってるから、俺もう行くよ」

勤はもう一度頭を下げると、猛スピードで桟橋を戻っていった。

「性格はいいんだけど、勉強ができなくて……」

尾上が勤の後ろ姿を目で追いながら残念そうな顔をした。

「素直で良さそうな子じゃないですか」

陽一も必死になって走っている勤を見て、目を細めた。

結局、この日の釣果《ちょうか》は、尾上がシマアジ一尾を含むアジ十尾で、陽一は初心者にしては三尾と健闘した。

「田所先生、お腹が空いたでしょ」

尾上に言われて陽一は、まだ朝食も食べていないことに気づいた。

「さあ、食べましょう」

尾上が手提《てさ》げから、おにぎりとおかずの入った弁当箱を取りだした。

「先生が作られたんですか？」

もしそうだったら悪かったと思い、陽一が尋ねた。

「智花の母さんが届けてくれたんです」

朝早く漁に出ていく息子のために、智花の母親がついでに作ってくれたお弁当だと尾上が説明してくれた。

「おいしいですね」

卵焼きやウィンナーなどのごくありふれたおかずだったが、野外で、しかも波の音を聞きながら潮風の中で食べる昼食は格別だった。

「赤崎に泳ぎに行きましょうか」

腹ごしらえを終えた尾上が陽一に声をかけた。

車で走ること十五分、二人は島の北端にある赤崎遊歩道に到着した。切り立った岩の上に、幅一メートル強の木造の遊歩道が延々と続いている。岩に囲まれた入江は、波も穏やかでシュノーケリングやダイビングの絶好のポイントになっていた。

「先生、こっち、こっち」

鮮やかな黄色の水着を着た智花が、水の中から手を振った。

八月末の月曜日ということもあって、家族連れの姿はなく、泳いでいるのは地元の子供たちがほとんどで、夏まっ盛りの賑わいからすると閑散《かんさん》としていて寂しさすら感じさせた。

「田所先生、美千代《みちよ》に義男だよ」

同じ高校一年生の中津《なかつ》美千代と磯辺《いそべ》義男が頭を下げた。

「智花、勤はどこだ?」

尾上が尋ねると、智花が遊歩道の中にある飛び込み台の方向を指差した。

真昼の太陽の光を浴びて、勤が一人、飛び込み台の上で仁王立ちをしていた。まるでギリシャ彫刻を思わせるような引き締まった体をした勤が、尾上たちに気づき両手を頭上に突き上げた。次の瞬間、勤は空中高く飛び上がった。約五メートルの高さからの跳躍《ちょうやく》は、途中で見事な一回転を見せ、ほとんど水しぶきを上げずに着水するという素晴らしいものだった。

「すごい運動能力ですね」

陽一は思わず拍手をしていた。

「体育だけは、断トツの5ですからね」

サッカー部に所属しているのに、一回も顔を出さない勤を、尾上は残念がった。

「本格的にスポーツをやれば一流の選手になれそうなのに、もったいないですね」

海中から頭を出し、力強いクロールで智花の元へ泳いでくる勤を、陽一は眩《まぶ》しそうに見つめた。

「私たちも泳ぎましょう」

海面へ続くコンクリート製の階段を、尾上のあとに続き、陽一も下りていった。

「勤、田所先生にシュノーケルを貸してあげれば？」

智花が、近くまで泳いできた勤に言った。

「先生、大きな魚には気をつけろよ」

水中メガネとシュノーケルを岩場から持ってきた勤が、陽一に忠告した。

シュノーケルを口にくわえ、陽一は勢いよく潜水した。入江の中は透明度が高く、海底までくっきりと見ることができた。

少し緑がかった海中を泳いでいるうちに、いつの間にか陽一の周りに小さな魚が集まってきた。陽一が手で触れようとすると、逃げる様子も見せず、むしろ魚のほうから近寄ってきた。

調子に乗って陽一が魚と戯《たわむ》れていると、急に体長四十センチほどの大きな魚が姿を現した。陽一は勤の忠告を完全に忘れていた。小魚のときと同じように手を差し伸べて、その魚に触れようとした。

次の瞬間、陽一の右人差し指に激痛が走った。名前も知らないその大きな魚は、伸びてくる陽一の右手を餌と勘違いしたらしく、かじりついてきたのだ。陽一の人差し指から小さく血が流れた。

「だから言ったじゃないか」

人差し指の血を吸っている陽一を見て、勤が笑いながら言った。

「田所先生って、結構泳ぎが上手いんだね。勤とどっちが速いか競争してみたら？」

智花が面白半分で、二人が競うようけしかけてきた。

「いや、遠慮するよ」

泳ぎには自信があったが、陽一はその気にはなれずに断った。

「先生、勝負しようぜ。もし、俺が先生に勝てなかったら、明日一日中勉強してやってもいいっすよ」

智花にいいところを見せようと、勤は急に張り切りだした。

「よし、いいだろう」

陽一は、勤の挑戦を受けて立つことにした。

「田所先生、やめておいたほうがいいですよ、勤は学校で一番速いんだから」

尾上がやめさせようとしたが、智花たちの盛り上がりようからして、対決を中止するわけにもいかなかった。

「あそこの尖《とが》った岩にタッチしてから、ここに先に戻ってきたほうが勝ちだから」

「ヨーイ、ドン！」

智花のスタートの合図と同時に、二人は二十メートルほど先にある岩に向かって泳ぎだした。

プールで泳ぐのと海で泳ぐのとでは勝手が違い、陽一は体半分ほどのリードを勤に許していた。

「勤、負けるな！」

智花と美千代と義男の三人は、遊歩道の中にある展望台の上から熱い声援を送った。

尖った岩に先にタッチしたのは勤で、陽一とはもう二メートル近くの差があった。勤は陽一との差を確認すると、余裕のある表情を浮かべてターンした。

少し後《おく》れをとった陽一は、距離をつめようと両足で力いっぱい岩を蹴《け》った。

「あっ、追いつかれそう」

智花が心配したように、陽一が海面に顔を出すと、その差は一メートルほどになっていた。上下する波のリズムと陽一の泳ぎが上手く嚙《か》み合《あ》うようになり、少しずつだが二人の差が縮まっていく。

「勤、頑張れ！」

背後に陽一の気配を感じ、急にピッチをあげ激しく水しぶきをあげている勤には、三人の声援を聞く余裕すらなかった。

ゴールまで五メートル。まだ少しではあるが勤がリードしている。陽一を振り切ろうと勤は最後の力を振り絞り、陽一もラストスパートにすべてを懸《か》けた。

「どっちが勝った？」

ほとんど同時にゴールした二人に、優劣をつけるのは難しかった。勤が逃げきったようにも見えたし、陽一が抜き返したようにも見えた。

「よしっ、俺の勝ちだ」

勤が拳《こぶし》を突き上げて、勝利をアピールした。

「勤、残念だけど引き分けだよ」

智花が冷静な判断を下した。

「えっ、嘘《うそ》だろ、俺の勝ちだよな？」

信じられないという顔をして、勤が美千代と義男に同意を求めた。

「やっぱり引き分けじゃないかな」

義男も勤が勝ったとは言いきれなかった。

「美千代、お前はどう思う？」

どうしても納得のいかない勤は、目を伏せて顔を合わせようとしない美千代に強い口調で尋ねた。

「勤、往生際が悪いぞ。俺もゴールしたのは、同時だったと思う。約束どおり、明日は一日中勉強をしてもらうぞ」

海から陸に上がろうとしている陽一に尾上が手を貸しながら、満足そうな笑みを浮かべた。

「引き分けだから、それはないって」

勤は、負けてはいないのだからと言って抵抗した。

「見苦しいぞ。お前は男だろ」

「分かったよ。勉強すればいいんだろ」

尾上の「男だろ」の一言が勤には相当こたえた。

「勤が勉強するなら、俺も明日、付き合ってやるよ」

義男がそう言うと、智花と美千代も「私たちも付き合う」と声を揃えて言った。

「よし、よし、いい傾向だ。皆が勉強するなら、教室を使ってもいいぞ」

理由はともあれ、皆で集まって勉強するなんてことは、これまでになかったことである。

「先生、明日は何時からっすか？」

観念したようにして勤が元気なく尋ねた。

「一日中だから、朝九時からだな」

嬉しそうに尾上が笑った。

「本当《まじ》っすか」

勤が舌打ちをした。

「何時までやるんですか？」

しょんぼりしている勤の代わりに智花が尋ねた。

「皆の宿題が終わるまでだな」

尾上は高笑いしたあと、帰りに温泉に寄っていかないかと陽一に尋ねた。

「ええ、お願いします」

宿舎に帰っても何もすることがなさそうなので、陽一は温泉に連れていってもらうことにした。


二人は赤崎で夕方まで泳いだあと、神津島温泉保養センターに向かった。

保養センターは、赤崎遊歩道と神津島港との中間あたりに位置し、岩場に造られた大小二つの露天風呂と展望露天風呂が、観光客や地元の人たちに人気を博していた。

大人八百円の入場料を受付で払い、二人は階段を下りて、まずは内風呂に入ってゆったりとくつろいだ。

「しかし、勤とよく引き分けましたね」

ジャグジー風呂で体をほぐしながら尾上が陽一を称讃《しょうさん》した。

「普通にやったらああはいきませんよ。勤君が油断していたから何とか引き分けに持ち込めましたけど」

陽一は控え目にそう言ったが、実際のところは、バスケットで鍛《きた》えた人並み外れた心肺機能によるものだった。尖った岩にタッチしたあと、陽一は二十メートルの距離を一度も息継ぎしないで泳ぎきったのである。

「田所先生は、勤のことどう思いますか？　私は素直で憎めない子だと思ってるんですが」

島に赴任する前、尾上は都内の高校で教鞭《きょうべん》をとっていたのだが、年の近い生徒たちとどうしてもなじめずにいた。それは尾上自身が地方出身だったせいかもしれない。

高知県の小さな漁村で育った尾上は、桂浜から太平洋を見渡している坂本龍馬《さかもとりょうま》に憧《あこが》れ、教育という大志を抱いて上京した。だが、都会での生活が彼を一変させた。見るもの聞くものすべてが真新しく、いつしか尾上は自分でも気づかぬうちに、都会の水にどっぷりと浸《つ》かってしまっていた。

授業中にメールのやりとりをしている子や、ゲームセンターに入《い》り浸《びた》っている子に嫌気がさしていたが、あるとき、自分も彼らと大して変わらない生活をしていることに尾上は思い至り、愕然《がくぜん》としたのだった。そんな折、神津島への赴任が決まった。

自分を叩《たた》き直《なお》すには今しかない、そんな強い気持ちを抱いて、島での生活を始めた。最初は良かった。最初の半年は、昔の自分を取り戻せたような気になった。だが、一度知った甘い生活の味は、それを許さなかった。部活の指導でもあれば退屈はしなかったろうが、釣り以外休日に時間を潰《つぶ》す術《すべ》を知らなかった。

単調な生活に飽き飽きした尾上は、いつしか土曜と日曜の休みの日は、本土に渡り、自堕落《じだらく》な生活に身を沈めるようになっていた。このままではいけないのは分かっていた。ゲームセンターもカラオケボックスもない、都会とはまるで違う環境の中で育った島の子供たちを見るにつけ、その思いは強くなった。

なかでも、素朴で純粋無垢《むく》な勤と触れ合うたびに、夢を抱いていた昔の自分と重ね合わせ、考え悩むようになった。

「今日会ったばかりなので、詳しくは分かりませんが、負けん気が強くて男気があって、とてもいい子のように見受けましたが」

陽一は、彼から受けた印象を率直に伝えた。

「田所先生が感じたとおりの子です。性格がいいだけに何とかしてやりたいのですが、勉強が嫌いで、このままだったら進級できそうもないんです。島にはあと半年ぐらいしかいられませんが、私も協力しますので先生の力で何とかしてもらえないでしょうか」

「そう言われましても、私なんかじゃ力不足です。教師の経験もほとんどないし、それに臨時教員ですから、あとどのくらい島にいられるのかも分かりません」

島に着いたばかりの陽一には、荷が重すぎる相談だった。

「田所先生のことは、校長から聞いて大よそのことは知っています。前の学校を辞めた経緯《けいい》を聞いて、私には真似ができないことだと感心しました。生徒のことを一番に考える先生だからこそお願いするんです」

尾上が深々と頭を下げた。

「尾上先生、頭を上げてください。お役に立てるかどうか分かりませんが、精いっぱいやってみます」

陽一は尾上の熱意に負け、引き受けることにした。

「水着を着て、露天風呂に行きましょう」

三つある露天風呂は道路を挟《はさ》んだ向こう側にあった。

「ここから見る夕日は、最高に美しいんです」

もう外は夕闇《ゆうやみ》に包まれていた。展望露天風呂からは沢尻湾《さわじりわん》が一望できた。茜色《あかねいろ》に染まった雲間から顔を覗《のぞ》かせていた太陽が、今まさに水平線の向こうに沈もうとしている。

「綺麗でしょ」

「ええ、でも綺麗というよりは神々《こうごう》しい感じがしますね」

陽一は、浩子にもこの光景を見せてあげたいと思った。

空には星がきらめき始めていた。その中でも一番光を放って明るく輝く星があった。

（あの星が、俊介が言っていたお母さんの星だろうか）

もう一年以上俊介に会っていない。

（どうしているだろう）

シエラレオネの復興《ふっこう》寄金集めに精力的に活動していた俊介の顔が浮かんできた。


モガンボとイブラヒムたちの努力が実り、ジャングルを開墾《かいこん》した五ヘクタールの土地に、乾燥した風が吹き渡り、稲穂《いなほ》が黄金色の波を作った。

「明日から、村人全員で刈《か》り入《い》れをしよう」

どれだけこの日を待ち望んでいたことだろう。未開地に入植《にゅうしょく》してきた三十人近くの失業者とその家族は歓喜の雄叫《おたけ》びをあげた。一ヘクタール当たりの収穫量は日本ほどではないにしても、村人の食糧を賄《まかな》うには十分な取れ高が期待できた。モーガン・ファームを取材しに日本から来ていたFテレビ局の瀬尾も、ビデオカメラを回しながら村人とともに豊作を喜んだ。

翌朝、日が昇るとすぐに村人総出で収穫《しゅうかく》を始めた。屈強《くっきょう》な男たちが鎌《かま》で稲の茎を刈り、女性や子供がそれらを束《たば》にして集めた。俊介も五歳のどんぐり眼《まなこ》のチャンバラも、手伝いに駆《か》り出された。

「シュンスケ、こっち、こっち」

チャンバラの力では稲を運ぶことはできず、少し集めるたびに俊介の力を借りた。

熱帯の太陽は肌が痛くなるほど厳しかった。小さな子供に午後からの作業は無理と判断した俊介は、チャンバラたち三人を連れて一旦《いったん》母屋《おもや》に戻ることにした。

「シュンスケ、お疲れさま」

チャンバラの母親ファッツマタが、木製のヘラを手にして迎えてくれた。

「今夜は収穫のお祝いと、セオの歓迎会ということで、ご馳走《ちそう》を準備するから期待していてね」

チャンバラと同じような大きな目をしたファッツマタが、これもまた大きな口を開けて笑った。

シエラレオネの女性の年齢は謎《なぞ》だった。ファッツマタの無邪気な笑い顔を見ていると、日本の高校生か中学生ぐらいにしか見えない。五歳の子供がいるのを考えると、そんなわけはないのだが……。詳しくは聞いていないが、チャンバラには父親がなく、ファッツマタはシングルマザーのようだった。

「シュンスケ、日本に彼女はいるの？」

俊介がモーガン・ファームに来た最初の日にファッツマタに尋ねられた。

「いや、いないけど」

ルミのことが頭をよぎったが、シエラレオネに来る前に彼女とは別れていた。

「そうなんだ」

ファッツマタが眩しそうに俊介を見て、嬉しそうな顔をした。

次の日から、チャンバラは俊介をまるで父親のように慕《した》い、ファッツマタは甲斐甲《かいが》斐《い》しく俊介の身の回りの世話をした。

「自分でやりますから」

俊介は何度も断ったが、ファッツマタはいつも笑顔を絶やさず、俊介の世話をやめようとはしなかった。

この日もファッツマタは、収穫祭のために準備していたご馳走の一部を、「味見をしてみて」と言って俊介に食べさせた。

ファッツマタの好意は嬉しかったが、俊介には全くと言っていいほどその気がなかったので、どう対応していいのか分からなかった。きっぱりとその気がないと断れば、彼女を傷つけてしまう。

困った俊介は、収穫を終えて戻ってきたモガンボに相談をしてみた。

「シュンスケ、男と女の問題はこの世の中で一番難しい」

モガンボは面白がって笑ってばかりいて相談にならなかった。

「シュンスケ、ファッツマタは可愛いし、気立てのいい娘だから結婚してチャンバラのお父さんになって、ずっとここにいればいいじゃないか」

揚《あ》げ句《く》の果てには、そんなことを言い出す始末だった。

「今日の収穫祭は気をつけたほうがいいぞ。皆が踊り疲れた頃、若い娘が肌を露《あら》わにして火の周りを踊りだしたら、それは求愛のダンスだから、たとえ誘われても一緒に踊ったりしたら駄目だぞ」

モガンボの隣で話を聞いていたイブラヒムが親切にも俊介に忠告してくれた。


収穫祭は大いに盛り上がり、俊介と瀬尾はタロ芋《いも》を発酵《はっこう》させて造ったアルコール度数の高い酒をモガンボたちに勧められ、ホロ酔い気分になっていた。二人はファッツマタが作ってくれた料理に舌鼓《したつづみ》を打ちながら、いろんなことについて語り合った。

「日本にいると日本の良さは分からないものですが、外国に来て初めていい国だったんだと気づかされました」

俊介はシエラレオネに一年以上滞在してみて、いかに日本での生活が自由で便利だったか、身にしみて分かった。ここでは必要な物を買おうと思っても、一昼夜車を走らせてフリータウンまで買い出しに行かなければならない。雨季になって道路が水浸しになったりすると、へたをすれば二日も三日もかかってしまう。日本ならショッピングセンターやホームセンター、コンビニで何でも用が済んでしまう。

「そうかもしれないけど、僕は少し考えが違うな。今の日本には人々の熱い息吹《いぶき》が感じられないんだ」

瀬尾はゲームに興《きょう》じる若者や、携帯電話なしでは生きていけないという今の日本の風潮《ふうちょう》を嘆いた。

「彼らを見てごらん。あのバイタリティーが今の日本には欠けているんだ」

モーガン・ファームで働く男も女も、燃え盛るたき火を中心に踊り狂っている。

「シュンスケ、セオ、一緒に踊ろう！」

明日も朝早くからハードな仕事が待っているのに、誰もが今日この一瞬を何もかも忘れて楽しんでいた。

「瀬尾さん、僕たちも仲間に入りましょう」

二人は見よう見真似でくたくたになるまで一緒に踊った。

やがて、たき火の勢いが陰り始め、辺りがほの暗くなったとき、恐れていたことが始まった。

ファッツマタを含めた三人の若い娘が、火の前に進み出て、太鼓の音に合わせて踊りだした。三人の娘が白い粉を火に向かって振《ふ》り撒《ま》くと、緑色の炎が舞い上がった。緑色の炎をバックに、腰をくねらせながら踊る彼女たちの姿は幻想的でなまめかしかった。

「シュンスケ、一緒に踊りましょう」

ファッツマタが俊介の前に来て、右手を摑んで引っ張った。

「いや、もう疲れたから踊れないよ」

イブラヒムに忠告されていなかったら、俊介はおそらくファッツマタの誘いに乗っていただろう。

「セオ、踊りましょう」

ファッツマタの右隣にいた娘が、瀬尾に手を伸ばした。

「駄目ですよ、一緒に踊ったら」

俊介はイブラヒムに教えられたとおりのことを瀬尾に話し、危ういところで押しとどめた。

俊介たちが誘っても来ないのが分かると、彼女たちは場所を移動してさらに激しく踊りだした。

すぐに三人の男が誘われるようにして彼女たちの前に立った。

なんと、ファッツマタの前に進み出たのはイブラヒムだった。あれだけ俊介に忠告をしておきながら、自ら進んでファッツマタと踊り狂う姿を見ると、なんだか狐《きつね》につままれたような気分になった。

ファッツマタとイブラヒムが仲良くなっていく様子を見ていると、ほっとした気持ちとは別に何だか寂しい気持ちもこみ上げてきた。


現金なもので、次の日からファッツマタは俊介よりもイブラヒムの世話を焼くようになった。母親が心移りしたから、チャンバラもイブラヒム寄りになるかと思ったが、そうでもなくて相変わらず俊介の後をついてまわってはしゃいでいた。

「セオさん、また取材に来てください。シエラレオネは変わりますよ。復興し変貌《へんぼう》していくこの国の姿を、ぜひカメラで捉《とら》えてください」

フリータウンまで車で送ってきたモガンボが別れを惜しんだ。

「瀬尾さん、時々日本の様子を知らせてください。特に陽一のことが心配です。真っ直ぐなやつですから、要領よく生きていけないと思うんです。僕が出会った中で最高のやつです。このまま埋もれさせるわけにはいきません」

モーガンや薄野賢司に強く影響を受けた俊介だったが、陽一に感化された部分も多かった。もし陽一がT校に転校してこなかったら、今と同じ道を歩んでいたとは思えない。生徒のことを思って、何も言わずに学校を去った陽一のことが何よりも心配だった。

「何かあったら、すぐに手紙を書くから」

瀬尾は俊介とモガンボの二人と固い握手を交わし、ロンドン・ヒースロー空港行きの飛行機に搭乗《とうじょう》した。


「モガンボ、大変だ！」

フリータウンから一日かけて戻ってきたモガンボに、留守をまかせられていたウスマンが駆け寄ってきた。

「どうしたんだ？」

ウスマンの慌《あわ》てように、モガンボも尋常《じんじょう》ではないと思ったらしく声高《こわだか》に尋ねた。

「米が盗まれたんだ」

ウスマンの後に続き、モガンボと俊介は収穫した米を収納している倉庫に向かった。

「見てください。麻袋《あさぶくろ》が一つ失くなってしまった」

「数え間違いじゃないのか。このファームに盗みをするような人間はいないはずだ」

モガンボはウスマンの勘違いだと思いたかった。

「毎朝、数を数《かぞ》えているから間違うはずがない。それにこれを見たら分かる」

ウスマンは床に残された裸足《はだし》の足跡を指差した。

「外部の人間の仕業《しわざ》だな」

ファームの人間なら日本から送られてきた靴を履《は》いているはずだった。

「罠《わな》を仕掛け、とっ捕まえて袋叩きにしましょう」

ウスマンが怒りを露わにした。

「……」

モガンボはしばらくの間黙って考え込んでいた。

「今晩から、交代で見張らせましょう」

ウスマンはどうあっても犯人を捕まえるつもりでいた。

「いや、捕まえるのはよくない。それより盗《と》られてもいいように、倉庫の前に麻袋を二つ置いておこう」

モガンボの考えは、ウスマンには理解できなかった。

「そんな馬鹿なことってないよ。泥棒をつけ上がらせるだけだ」

モガンボは紙とペンを持ってくるよう、怒っているウスマンに命じた。

「どうして、そんなことをするんですか？」

俊介もモガンボの考えが分からなかった。

「誰だって食べる物がなくなれば、悪いと分かっていても盗みを働かざるを得ないときがある。私だって内戦があった頃は、食料がなくて何度も辛い目に遭《あ》った。泥棒をやった人間が悪いのではなく、泥棒を生みだす社会が悪いんだ」

モガンボは紙とペンが届くと、〝ご自由にどうぞ〟と大きく書き記《しる》した。

「本当にいいんですか？」

心配して俊介が尋ねた。

「大丈夫。一袋や二袋なくなっても、皆が困るわけではないんだから」

モガンボはそう言うと、紙に小さく何かを書き始めた。

「何を書いているんですか？」

気になって俊介はモガンボの後ろから覗いてみた。

〝私たちは泥棒を作るために米を作っているわけではありません。二袋置いておきますので、遠慮なく持っていってください。もし仕事がなくて困っているようでしたら、私たちと一緒に働きませんか〟

書き終わると、モガンボは俊介のほうを向いてニヤリと笑った。

「シュンスケ、あの米は盗られてしまうと思うかい？」

「さあ、どうですかね」

「俺は盗られないと思っている。きっと一緒に働いてくれると信じているよ」

モガンボの予想は見事に的中した。米は二袋ともそのままの状態で倉庫の前に置かれていた。そして一週間ほどして、ぼろぼろの服を着た親子四人が訪ねてきた。

「一緒に働かせてもらえないでしょうか？」

俊介が男の足元を見ると裸足だった。彼が米を盗んだ犯人かどうかは定かではない。モガンボは誰にも盗まれた米の件を話題にしてはいけないと命じていた。

しばらくして、モガンボはフリータウンにいる政府の役人に呼び出された。十日たってもモガンボは帰ってこず、俊介たちは事故にでも遭ったのではないかと心配した。二週間ほどして、モーガン・ファームに大勢の人たちが押しかけてきた。先頭の車には笑顔のモガンボが乗っていた。

「モガンボ、どうなっているの？」

あまりの人数の多さに俊介は何が起きたのか尋ねた。

「皆、一緒に働いてくれる人たちと、その家族なんだ」

「こんなにたくさんの人たちを引き受けて大丈夫なんですか？」

「カバラの密林の開発をすべて任されたんだ。それに東部のポートロコも、試験的に二百ヘクタールの土地を貸してもらえるようになったんだ。それで二週間かけて労働者を募集していたのさ。やっとシュンスケが日本で集めてくれたお金が役に立つときがきたよ。明日から忙しくなるぞ。農地の開拓《かいたく》、住居の建設、家畜の小屋、やることはいっぱいある。あとで紹介するが、シュンスケには、今までと同じように子供たちに勉強を教えてもらう。子供たちだけでも三十人近くは増えるはずだ」

モガンボの顔が希望に輝いていた。

「シュンスケ、すぐにモーガン・ファームはモーガン・タウンという名に変わるだろう。政府の高官と直接会って、医者と看護師を定期的に派遣《はけん》してもらう約束も取り付けてきたんだ」

モガンボはフリータウンに行っていた二週間、精力的に動き回っていたようだった。

「ダンバラ、ちょっと来てください」

モガンボが集団の中から一人の女性に声をかけた。

「ダンバラ、日本人のシュンスケだ。ここで子供たちに勉強を教えてもらっているんだ」

モガンボに紹介されて、俊介は彼女に頭を下げた。

「ダンバラです。フリータウンの学校で子供たちに勉強を教えていました。教え子の多くがカバラに行くというので、私も彼らと一緒にやって来ました。シュンスケのご迷惑でなければ、お手伝いさせてもらえませんでしょうか？」

本場イギリスで教育を受けていたのだと、すぐに分かるほど綺麗な英語の発音だった。

「迷惑だなんて、とんでもありません。ダンバラ、大歓迎です。こちらのほうこそよろしくお願いします」

どうやらダンバラも独身のようだったが、教養があるだけにファッツマタのときのような心配を抱かずに済みそうだった。

翌日、狭い教室には、溢《あふ》れ返るほど子供たちが集まった。中でもひときわ目立ったのがオマールだった。まだ十五歳なのに、身長は二メートル近くある。窮屈《きゅうくつ》そうに手足を縮めて座っているオマールを見て、俊介は教室を増設することが一番の急務だと思った。

すぐに授業をダンバラに頼み、俊介は新しい農地を作るために木の伐採《ばっさい》をしているモガンボに会いに行った。

「モガンボ、あの子供の人数だと授業をするのが難しい。ダンバラも来てくれたことだから、教室をもう一つ増やしてくれないだろうか。それと体育館を造ってもらえると助かるんだけど」

雨季《うき》になると地面がぬかるみ、子供たちは外で遊べなくなり、子供たちに人気のサッカーも長い間できなくなる。

「シュンスケ、家を造っているグループから教室造りに何人か人手を割《さ》こう」

国の将来にとって、教育が一番重要だということは分かっている。モガンボは仕事を中断して母屋に戻ると、家造りをしている何人かに声をかけて、教室造りに協力するように命じた。

教室造りが始まった。子供たちには粘土質の土を型に入れて日干しレンガを作る仕事が与えられ、俊介とダンバラも子供たちに交じってレンガ作りに没頭《ぼっとう》した。チャンバラも同じ年のアッシャーという女の子と仲良く作業に加わった。

教室は急ピッチで造られ、一週間もしないうちに立派な建物が完成した。

しかし、体育館は教室ほど簡単にはいかなかった。誰も柱のない大きな建物を造った経験がなかったのだ。子供たちの安全を考えるといい加減《かげん》なものを造るわけにはいかない。

俊介はフリータウンに出向き、教会の建設に参加したことのあるレンガ職人を探した。教会に残っていた賃金の支払い台帳から、ムボイという名前の男がレンガ職人だと分かり、海沿いの町の住所を手がかりに訪ねてみると、かなり高齢の男がドアから顔を出した。俊介が子供たちのためにカバラに体育館を造りたいと熱く語ると、ムボイは意外にあっさりと協力すると約束してくれた。

ムボイの指導のもと、工事は着々と進み、バスケットコート半面ほどの広さの体育館が一カ月もたたずに完成した。体育館の内部には少し小さめのサッカーゴールとバスケットのリングが備え付けられた。

体育館は子供たちに好評で、晴れていても外よりも中で遊ぶ子供が増えた。俊介にも喜びが増えた。それは体育館でオマールにバスケットを教えることだった。

八月三十日、新学期が始まる二日前に校長の西井が島に戻ってきた。早速、陽一は校長室に出向き挨拶を交わした。

「田所先生、よく来てくれました。島の学校で働こうという先生は少なくて、本当に助かります」

学校のトップで、陽一より三十近くも年上の校長が深々と頭を下げた。

「校長先生、困ります。頭を上げてください」

予想もしていなかった校長の態度に、陽一は戸惑いをみせた。

「先生には、部活動を盛り上げてもらいたいと思っています。先生がバスケットで大学ナンバーワンになったことも、先日のインターハイで母校を優勝まで導いたことも聞いております。当校にはバスケット部はありませんが、サッカー部やバレー部など運動部は五つあります。

どのクラブも部員が少ないし、いたとしてもほとんどの生徒が練習には参加せずに、放課後はアルバイトに精を出しています。島の大人たちも高校生は立派な働き手ということで、クラブ活動には理解を示してくれません。

それに島のほとんどの子供たちが、小さい頃から一緒に遊んでいるので、一つ年が違っただけで、なんとか兄《にい》とか、なんとか姉《ねえ》と呼ぶ習慣があって、とても上下関係が厳しいいんです。個人競技だったら何の問題もないんですが、団体競技になると上級生が強すぎてチームプレイはまずもって成立しません」

西井校長が、ほとほと困ったという表情をした。

「高校生活で、クラブ活動をしないのは残念なことですね」

陽一には、T校の仲間がいる。俊介、メガネ、チビ、のぞき魔。それぞれ道が違っても、今でも連絡を取り合い、何かあれば皆集まって旧交を温めている。思い返せば、あの頃が一番キラキラと輝いていたと思う。中学のときも大学に入ってからも、あれだけ深く付き合えた仲間はいなかった。

「先生が前の学校を辞めた経緯も、話を聞いて知っています。先生の生徒を思いやる気持ちに私は感銘《かんめい》を受けました。先生の情熱で島の子供たちの意識を変えてもらえないでしょうか」

臨時教員の陽一に頼むようなことではないことを百も承知で、校長が再び頭を下げた。

島に赴任してくる教師の大半は、島流しになったような気分を味わう。二年で転勤になるのをじっと我慢していると言っても過言ではない。二年では短すぎて、何もできないまま終わってしまう。子供たちと親しく接していても、卒業を待たずに別れがくる。親身になって相談に乗っても、結果を見ずに島を離れることになる。

二年間、何事もせず無難に勤める。教師たちがそんな気持ちを抱いてしまうのも、無理からぬ話だった。

「私には荷が重すぎます」

いつ辞めなければならないのかさえ分からずに赴任してきた陽一には、そこまで深く子供たちと接していく自信はなかった。

「長年、教職者としてやってきた私には、人を見る目があります。先生ならきっとできると私は信じています。協力は惜しみません。どうか島の子供たちのために、力を貸してください」

校長の熱意にそれ以上抗《あらが》うこともできず、陽一は仕方なく首を縦に振った。

九月一日、神津高校の始業式が体育館で行われた。だだっ広い体育館の真ん中にスチール椅子が縦に三列並べられ、全校生徒二十五名が一堂に会した。

西井校長の始業式の挨拶のあと、新任教師の陽一の紹介が始まった。今年のインターハイの優勝校のコーチをしていたことを、副校長の松尾が皆に伝えると、石野田智花と新海勤たちがいる一年生の間から指笛が鳴り響いた。

「二学期から山口先生に代わって英語の授業を受け持つ田所陽一です。まだ教師になって間もない新米教師ですが、よろしくお願いします」

陽一が挨拶を終えると再び指笛が鳴り、勤たちが歓声をあげた。だが、それも長くは続かなかった。調子に乗って騒いでいた勤たちだったが、二年生や三年生の冷ややかな視線に気づき、急に押し黙った。陽一は壇上から下りながら、校長が言っていた子供たちの間にある上下関係を何となく肌で感じた。

始業式が終わり、陽一は尾上の後に続き一年生の教室に向かった。

「こいつら、何をするか分かりませんから」

そう言うと、尾上は注意深くドアを開けた。

「黒板消しを落としたりは、今時の小学生でもやりはしないよ」

おどおどしながら入ってきた尾上を勤がからかうと、クラス中がどっと沸《わ》いた。

「今日は、田所先生にお前たちのことを一日も早く知ってもらうために、自己紹介をしてもらう。最初は磯辺からだ」

磯辺とは赤崎遊歩道で会っていたし、勤と一緒に夏休みの宿題を見てやったので、陽一は彼のことをよく知っていた。

「磯辺義男です。父は漁協で、母はスーパーで働いています。高校を卒業したら専門学校に行って手に職をつけようと思っています」

磯辺が座ると隣の席の男子生徒が立ち上がった。

「大鳥晋二《おおとりしんじ》です。父は火力発電所で働いています。僕も高校を卒業したら大学に行って、会社勤めをしようと思っています」

「お前の学力で大学に行けるのかよ」

勤が横から茶々を入れた。

「お前よりましさ」

大鳥が切り返すと、勤はぐうの音《ね》も出ないらしく黙り込んでしまった。

「次は神谷《かみや》、お前の番だ」

尾上が大鳥の次に指名したのは、一人だけ青白い顔をした生徒だった。

「なんだ、やっぱり話したくないのか。分かった、先生が代わりに紹介しておこう。神谷勇樹、父親は海洋生物の研究をしている博士で、今年の四月に神津島にやって来たんだ」

尾上が話している間も、神谷は机の一点に目を落として顔を上げようとはしなかった。

「そんなやつのことはいいから、次は俺のことを話すよ。もう名前は知っていると思うけど、新海勤です。親父《おやじ》は漁師で、お袋は港にある〝よっちゃーれセンター〟で働いています。高校を卒業したら漁師になれと親父に言われてるけど、俺は都会に行って有名になるつもりでいます」

「勤、何で有名になるんだ？」

今度は大鳥が勤を冷やかした。

「まだ何で有名になるかは決めてないけど、とにかく有名になって、島に錦《にしき》を飾るつもりでいます」

勤の次に、小島と稲城《いなぎ》の二人が続き、男子生徒六人の自己紹介が終わった。

「石野田智花です。父は私が五歳のとき、漁に出ていて時化《しけ》に遭い亡くなってしまいました。それからは母が居酒屋〝水配り〟を営みながら、兄と私を育ててくれました。私も高校を卒業したら都会に出て歌手を目指そうと思っています」

「智花、お前だったら絶対に歌手になれる」

勤が力強く叫ぶと、磯辺と大鳥が口笛を吹いてはやし立てた。

「中津美千代です。父は学校の横にある大島支庁で働いている公務員です。母は専業主婦です。私は高校を卒業したら何をするのかまだ皆のようには決めていません。高校での三年間を皆と楽しく過ごしながらじっくりと考えてから決めようと思います」

美千代が座ると、最後になった女生徒がおもむろに立ち上がった。

「安住理奈《あずみりな》です。父は神津酒造で麦焼酎を造っています。母はスーパーで働いています。高校を卒業したら演劇の道に進み、女優になろうと思っています。皆には私のことをジョリーと呼ぶように頼んでいるのに、誰もそう呼んでくれません」

「アンジェリーナ・ジョリーのつもりでいるかもしれないけど、似ても似つかねえじゃないか」

大鳥が辛辣《しんらつ》な言葉を口に出した。

「だって私の名前が名前だし、一番尊敬している女優なんだもの」

理奈が少し涙ぐんでいるように陽一には見えた。

「名前がそうなら、俺は大鳥だからヘプバーンて呼んでもらおうかな」

理奈と神谷以外の七人が声を出して笑ったが、陽一には何がおかしいのかすぐには分からなかった。

「安住だから音読みにしたらアンジュでしょ。アンジュ理奈だから、アンジェリーナってわけですよ」

尾上に説明されて、陽一は大鳥がヘプバーンと言った意味がようやく理解できた。

一年生は男子生徒が六人、女子生徒が三人、合わせて九人しかいなかった。当然、サッカーも野球も一年生だけでチームを作ることはできない。バレーをやるにしても誰か一人でも欠場すればチームとして成り立たない。これだけの人数しかいないのに、校長は陽一に何をさせようとしているのか皆目《かいもく》見当がつかなかった。

始業式から三日たって、授業が始まった。二年生と一年生に英語の授業をしたのだが、島の子供たちの学力は低かった。陽一は教科書を使いながら、基礎の基礎から教え直すことにした。

「sやoやxで終わる単語の後にsを付けるときはesにしなければならないという決まりがあるんだ。君たちが靴下を履くとき、シュッチュって音がするよね」

「そんな音なんかしねえぞ」

勤が否定した。

「いいから、そう思うんだ」

「ちょっと強引すぎるんじゃないの」

智花が陽一を責めた。

「esを付けなければならない単語の語尾はs、o、x、sh、chだから、ソックスシュッチュって覚えておけば忘れることはないはずだ」

陽一が説明すると、クラス中が騒々しくなった。

「くだらねえけど、確かに忘れはしないな」

勤が立ち上がって、ソックスシュッチュと口に出して言うように全員に強要した。

「ソックスシュッチュ。ソックスシュッチュ」

神谷を除く全員が、口を揃えて合唱した。

授業を終え職員室に戻った陽一は、一年のクラスの担任でもある尾上にずっと気にかかっていたことを尋ねた。

「神谷って子はどんな生徒なんですか？」

「あの神谷は誰にも心を開かないですね。遅刻も欠席もしないんですが、授業を聞いているのかいないのかもはっきりしません。質問しても答えないし、体育の授業はいつも見学をしてますね。勉強もできるわけではないし、かといって勤ほど酷《ひど》くもないし、謎の多い子です」

尾上の話を聞いて陽一は、ますます神谷に関心を抱いた。

その後、神谷本人には気づかれないように観察を続けた陽一だったが、別にこれといって変わった様子はなく、皆に溶け込まないでいる孤独な姿を突き付けられるだけだった。

そんなある日、陽一は体育教師の今西智津子に職員室で声をかけられた。

「田所先生、三時限目は手がすいていますか？」

「ええ、授業は入っていないですが」

「そう、それならお願いがあるんですけど」

「何ですか、お願いって？」

「実は一年生にバスケットの授業をするんですが、先生にお手本を示してもらおうと思って」

今西が申し訳なさそうに手を合わせた。

「お手本になるかどうかは分かりませんが、僕でよかったらいつでも協力しますから」

この日の出来事がきっかけで、神津高校にバスケット部が誕生するとは、陽一も今西もこの時点では夢にも思っていなかった。

神津高校の体育館は、L字型になった校舎の職員室から一番離れた北側の奥にあった。体育館に向かう廊下の右側には、トレーニングルーム、柔道場、剣道場が並んで設けられており、有名私立高校並みの設備が整っていた。体育館も広くて贅沢《ぜいたく》な造りで、たった九人の一年生が使用するにはもったいないほどである。

「バスケットボールでは、ボールを持ったまま三歩以上歩いたら反則になり、相手ボールのスローイングになってしまいます。それで味方にパスをするか、ドリブルをしながら前に進むかを選択しなければなりません」

今西の丁寧な説明が、だだっ広い体育館に反響した。

「今日は、田所先生にカットされないドリブルの仕方を見せてもらいましょう」

今西に促《うなが》され、陽一はボールを手にして皆の前に進み出た。

「それでは、早速ドリブルをついてください」

陽一は右手で二十回ほどボールをついたあと、同じように左手でドリブルをしてみせた。

「田所先生のドリブルを見て、何か気づいたことはありますか」

「手とボールがくっついているように見えました」

智花が手を挙げて答えた。

「智花ちゃんの言うように、ボールと手が離れてしまうと簡単に相手にボールを奪われてしまうので、田所先生が見せてくれたように、ボールと手が一体化するようなドリブルが理想的だといえます。それでは実際にボールを使って練習してみましょう」

神谷以外の八人がコートの中でボールをつき始めた。

「駄目、駄目。もっと手からボールが離れないように」

今西が一人一人のドリブルをチェックしていった。

「今西先生、すぐには無理ですよ。皆、一度こういうふうにやってみてください」

陽一はボールをつくと手の平を上に向けて、その手の上にボールを乗せた。

「この動作を何回も続けたあと、慣れてきたら手の平を真上に向けるのではなく、少しずつ斜め下を向くようにしていってください」

陽一の教え方に従い、全員がボールをキャッチする練習を始めた。

「先生、ちょっと見てよ。これでいいんだろ」

身体能力に優れている勤が、真っ先にコツを摑んだ。

「上手い、上手い。今度は少し手の平を斜めにしてついてごらん」

何回もついているうちに、勤のドリブルは段々様になってきた。

「勤、すごいな」

「田所先生とあんまり変わらないんじゃないか」

皆に褒められて、勤は有頂天《うちょうてん》になっていた。

「まだまだそれじゃあ甘いな」

陽一はそう言うと勤の前に立ち、あっという間にボールを奪ってみせた。

「ずるいぞ、今度は取らせないからな」

勤はドリブルをつきながら、油断なく身構えた。さっき取られたのは不意をつかれたからで、注意していれば絶対に大丈夫だと思っていた。

「それじゃあ、いくよ」

陽一は今度も簡単に勤からボールを奪った。負けん気の強い勤は何度も挑戦したが結果は同じだった。

「ちきしょう、今度は俺が先生のボールを取ってやる」

勤は陽一に恥をかかされたと思い、死に物狂いで陽一に向かっていった。陽一は勤が繰りだす右手や左手をするりするりとかわしていった。勤の手が高く伸びてくるとボールを低くつき、低いと高くついた。上下左右、変幻自在にボールを操《あやつ》りながら、時にはリズムを変えて勤を軽くあしらった。

「まるで大人と子供だな」

陽一に翻弄《ほんろう》されている勤のみっともない姿を大島はこれ以上見たくなかった。運動に関しては、勤が島ではナンバーワンだと信じていた他のクラスメイトも思いは同じだった。

「勤君、もうそれくらいにしておきなさい」

いつまでたってもやめようとしない勤に、今西がストップをかけた。

「他に田所先生にチャレンジする人はいますか。もし、ボールを奪うことができたら、二学期の体育の評価は無条件で通知表に5をあげます」

今西の提案に、意気消沈している勤と端《はな》から体育の授業に参加していない神谷を除く七人が色めきだった。

「大鳥、お前からいけよ」

勤の次に運動神経のいい大鳥が、磯辺たちに言われて挑戦した。

「時間は一人二分よ」

今西がポケットからストップウォッチを取り出した。

「スタート」

今西の合図と同時に、大鳥は勢いよく陽一に飛びかかっていった。大鳥の動きは勤ほど素早くはなかった。

「どうした、大鳥！」

まだ悔しさを引きずっている勤が、大鳥に檄《げき》を飛ばした。結局、大鳥も陽一の動きの前に、ただ右往左往しているだけで、指先すらもボールに触れることができなかった。その後、磯辺、小島、稲城の三人の男子生徒がチャレンジしたが、結果は見るに忍びないほどみじめなものだった。

「女子はどうするの？」

今西が尋ねると、智花がやる気満々で陽一の前に進み出た。

「智花、頑張れ」

勤が気持ちを切り替えて応援した。

女子が相手だとさすがに陽一は本気になれず、右手を使わずに左手一本で挑戦に応じた。智花は上体だけでボールを奪おうとしたため、下半身がついていけずに陽一にかわされるたびに何度も尻もちをついた。

「智花、床に大きな穴があいてしまうぞ」

磯辺がすかさず智花をからかったのだが、勤に睨《にら》まれるとしゅんとなって口をつぐんだ。智花の挑戦が失敗に終わると、次の順番だった美千代が辞退した。

「理奈ちゃんはどうする？」

「私、やります」

今西に聞かれた理奈は、意を決して返事をした。アクション映画にも出演しているアンジェリーナ・ジョリーを尊敬している以上、すごすごと尻尾《しっぽ》を丸めて引き下がるわけにはいかなかった。

「ジョリー、頑張れ！」

大鳥が呼んでほしかった名前で応援してくれた。理奈は持てる力をすべて出しきって陽一に立ち向かった。汗まみれになって両手を繰り出しても虚《むな》しく空を切るだけだった。

「十秒、九秒、八秒……」

今西がカウントを始めた。

「はい、終了。残念でした」

七人が挑戦したが、誰一人ボールに触れることもできなかった。

「田所先生、お疲れさまでした」

お疲れさまと今西に労《ねぎら》われるほど、陽一は疲れてはいなかった。

「皆、ドリブルが上手くなりたいでしょ。それでは各自もう一度練習してみて」

全員がバスケットに興味を示し始めているのが分かった。田所先生に頼んだのは正解だったと今西は思った。

「あのー、僕にもやらせてください」

今西は、その声を聞いて自分の耳を疑った。声の主は神谷だった。学生服に白い上《うわ》履《ば》きという運動するにはまるで場違いな格好をした神谷が、体育館の隅《すみ》から魂を奪われた人間のように青白い顔をして現れた。

「本当《まじ》かよ」

衝撃が大きすぎたのか、勤以外は声も出せずにその場に固まった。やる気があるのかないのか、神谷は授業中と同じようにうつむいたままだった。

「始めてください」

今西がストップウォッチのボタンを押した。

一分が経過しても何も起こらなかった。陽一が軽快にボールをついているのに、神谷はぴくりとも動かずにじっと床を見ているだけだった。

期待しているわけではないが、何も始まらないことにしびれを切らせた勤たちがざわつき始めた。

「なんで出てきたんだよ」

「早く、ひっこめ」

「こいつ、やっぱり頭がおかしいよ」

「あんた、気持ち悪いんだから」

陽一も、自分からやりたいと言っておきながら何も仕掛けてこない神谷のことが、理解できなかった。

「十秒、九秒、八秒……」

カウントダウンが始まった。残り三秒、それまで下ばかり見ていた神谷の頭が上を向いた。

（諦《あきら》めたのか……）

陽一は一瞬気を緩《ゆる》めた。その瞬間を神谷は逃がさなかった。低く体を沈めると、床すれすれのところでボールを掠《かす》め取《と》った。

誰もが信じられない思いでいた。勤は神谷がボールを奪ったことを認めたくなかった。

（先生が手を抜いたに違いない）

あれだけ自分が必死になっても取れなかったボールを神谷が奪えたのは、陽一が本気でやらなかったからだと抗議したかった。

誰もが呆然《ぼうぜん》として見守る中、神谷は奪ったボールを今西に手渡しながら、

「確か、5でしたよね」

と言って、何事もなかったかのように、もといた体育館の隅に戻っていった。

（きっと、何かある）

いくら油断していたとはいえ、陽一はずぶの素人にボールを奪われるほど腕がなま

っているとは思えなかった。勤たちだったら陽一の鼻を明かしたと言って大喜びするはずなのに、神谷は表情一つ変えずにいる。

(何かあるはずだ)

陽一は、ますます神谷に興味を抱いた。

(もう少し観察を続けよう)

しばらくして、陽一は昼休みの図書館で神谷の本来の姿を垣間《かいま》見ることに成功した。弁当を一人で食べているふりをしながら、神谷はぶ厚い本を一心不乱に読んでいた。

(こんな本を読んでいるのか!)

気づかれないように後ろから忍び寄って覗き込んだ陽一の目に、思いもかけない文字の羅列《られつ》が飛び込んできた。

第二クォーター　恩

厳しかった冬の寒さも日を追うごとに和らぎ、例年よりは遅いものの無料塾の庭先に梅の木が白い花を咲かせ始めた。

「あら、鶯《うぐいす》かしら？」

掃除をしている手を休め、奈々が賢司に尋ねた。

「どれどれ」

賢司も仕事を中断して、奈々の指差す方向に目をやった。

葉と葉の間に隠れるようにして暗緑色《あんりよくしよく》の小鳥が羽を休めている。

「間違いなく鶯だよ。きっともうすぐ春だって告げに来てくれたんだよ」

暦の上では、もうとっくに春になっている。閉め切っていた窓を開け、奈々が気持ちよさそうに伸びをした。

「ホーホケキョ」

小枝から小枝に飛び移った鶯が、一声鳴くと激しく羽を上下させ、二人の視界から消え去っていった。

（法、法華経か）

鶯の鳴き声が、釈迦《しゃか》は永遠の仏であると説く大乗仏教の経典のように聞こえ、賢司は感慨《かんがい》深げに目を閉じた。

「賢司さん、せっかくの天気だから、散歩にでも行きませんか？」

毎日仕事、仕事で家に籠《こ》もりっぱなしの賢司のことを心配して、奈々が声をかけた。

「そうだね、昼は皆で一緒に外で食べようか」

射し込んでくる柔らかな日の光が、賢司をその気にさせた。

「外食もたまにはいいですね。きっと清志とかなえも喜ぶんじゃないでしょうか」

今年の冬の寒さは特に厳しく、奈々もタロウの散歩と買い物以外、用事がなければ外へ出かけようという気にはなれなかった。いつもタロウの世話をしている西尾老人も五日前から風邪をこじらせて寝込んでいた。

「ちょっと二階に行って、誠一郎さんの様子を見てきます」

奈々は台所でおかゆを温め、西尾の部屋に持っていった。

ドアを軽くノックして奈々が声をかけた。

「風邪の具合はいかがですか？」

「おはようございます。心配かけてどうもすいません。もうすっかり良くなりました」

血の気が戻った元気そうな顔を、西尾がドアの隙間《すきま》から覗かせた。

「もう起きても大丈夫なのですか？」

パジャマを脱いで普段着に着替えている西尾を見て、奈々が心配そうに尋ねた。

「ええ、今日は暖かくなりそうなので、タロウの散歩に行ってやろうと思っていたところです」

「無理はなさらないでね。タロウの散歩なら私がやりますから」

「いえ、体がなまってしまったみたいなので、今日から少し歩こうと思っています」

西尾の咳《せき》がすっかり治まったのが分かると、奈々はそれ以上散歩に行くのを止めようとはしなかった。

「賢司さんが、昼は皆で外で食べようと言ってくれてるんですが、誠一郎さんもご一緒にどうですか？」

「いいですね。元気になったら食欲もわいてきたみたいですから」

西尾は奈々が用意してくれたおかゆを食べると、タロウと共に散歩に出かけた。

（今日は五千歩くらいにしておこう）

風邪をひく前は一万歩以上タロウと散歩していたが、病み上がりということでさすがに自重《じちょう》しようと思った。

久しぶりに西尾老人を見たタロウは、興奮し喜んだ。タロウはタロウなりに、姿を見せなくなった西尾のことを心配していたのだろう。

「タロウ！」

西尾との散歩がよほど嬉しいのか、タロウは跳ねるような足取りで道路に飛び出した。リードを持つ手がぐいぐいと引っ張られ、西尾も自然と早足にならざるを得なかった。

いつもと同じ河原への道を行くものだと思っていた。ところが急に脇道《わきみち》にそれたタロウは、今まで以上の力強さで前に駆けだした。

「おい、おい」

小走りになった西尾は、タロウを制止しようとリードを強く引っ張った。

「クゥーン」

懇願《こんがん》するような声を出し、タロウはなおも先に進もうとする。

（ま、いいか。たまにはコースを変えるのも）

西尾はリードを引く手を緩《ゆる》め、タロウの好きなように歩かせた。

「ワン、ワン、ワン」

二十メートルほど先の民家から、甲高《かんだか》い犬の鳴き声が聞こえてきた。

声が聞こえてきたのとほぼ同時に、タロウがものすごい勢いで走りだし、西尾は思わずリードを持つ手を離してしまった。何が起こったのか分からなかった。こんなことは初めてである。西尾はタロウの後を必死で追った。とても追いつけそうにないと思った矢先、一軒の民家の前でタロウが急に立ち止まり、庭に向かって吠《ほ》え始めた。

「あら、タロウちゃん、今日も来てくれたんだ」

上品な感じの老婦人が門を開け、タロウを庭先へ招き入れた。

息を切らしながら、西尾は老婦人に謝った。

「いいえ、構いませんのよ。うちのミミもタロウちゃんが来るのを楽しみにしてますから」

少し緑色になりかけている芝生の上で、タロウとミミがじゃれあっていた。ミミはタロウより少し小さめの柴犬で、可愛い顔をしていた。

「今日は、娘さんがご一緒じゃなかったんですね」

老婦人は、奈々を西尾の娘だと思い込んでいるようだった。

「いえ、違うんです」

西尾は奈々との関係をかいつまんで説明した。

「まあ、タロウちゃんがきっかけでお知り合いになられたんですか。うらやましいわ」

老婦人は庭の白い鋳物《いもの》の椅子に座るよう西尾に勧めた。

「私なんて主人が亡くなってから、ずっと一人なんですよ。二年前にミミを飼うようになってからは、大分寂しさを紛《まぎ》らわすことができるようになりました」

「私も奈々さんや子供たち、それにタロウに会えて本当に良かったと思っています」

考えてみれば、すべてはタロウとの出会いが始まりだった。老後をずっと一人で暮らすものだと諦めていた。だが、タロウのお陰で賢司や奈々、清志やかなえと家族同然の生活を送ることができている。今日もまた、老婦人と知り合うきっかけを作ってくれた。

「お茶を入れてきますから、ゆっくりしていってください」

老婦人は嬉しそうな顔をして、家の中に入っていった。

タロウとミミは走り回ったり転げ回ったりしながら、飽きる様子も見せずに遊び続けている。

「春だなあ」

タロウの幸せそうな姿を目で追いながら、西尾は誰に言うともなく一人呟いた。

「皆さん一緒にお出かけでしたか」

昼食を終え、無料塾に戻ってきた賢司たちを、玄関の前でコロが待ち受けていた。

「忙しいだろうに、よく来てくれたね」

三カ月近く、コロは無料塾に顔を出していなかったので、賢司の口元も自然と緩んだ。

「お兄ちゃん、ずっと来なかったんだから、今日は夜までいてね」

いつもは他人に甘えたりしないはずの清志が、コロにだけは違った。

「うん、僕もそのつもりで来てるから」

コロは賢司とゆっくり話をしようと思っていた。

「ねえ、それなら一緒にトランプをして遊んでよ」

かなえはそう言うと、コロの返事を待たずに二階にカードを取りに行った。

「清志君、塾長と話があるから、それが終わったら一緒に遊ぼうね」

「うん、それじゃ話が終わるまで、かなえと一緒に待ってる」

コロの言葉に清志が素直に従った。

「勝手なことばかり言って、どうもすみません」

申し訳なさそうに奈々が頭を下げた。

「そんなことないですよ。下北沢での公演も昨日で終わり、今日は何の予定もありませんから」

劇団Iの研究生による一週間の公演も盛況のうち楽日《らくび》を終え、脚本家としての確かな手ごたえをコロは感じていた。

「初めての舞台演出はどうだった？」

就職活動もせずに演劇の世界に飛び込んでいったコロのことが、賢司は心配でならなかった。

「慣れない演出の仕事は難しかったのですが、役者の皆さんが頑張ってくれたお陰で、芝居は満足のいく出来でした」

「まずは、おめでとう。脚本を読ませてもらったけど、お世辞《せじ》抜きで面白かったよ」

コロが書き上げた『恋愛相談同好会』という脚本は、のぞき魔をモデルにした喜劇で、賢司の目からしてもなかなかの出来栄えだった。

「塾長に褒めてもらえるなんて光栄です」

賢司の好評価は、正直コロを喜ばせた。だが喜んでばかりはいられなかった。コロはすぐに真剣な顔をして賢司を見つめた。

「脚本を書くのも楽しいのですが、僕としては塾長のように小説を書きたいんです。それでアドバイスを頂きたくて、今日伺《うかが》ったんです。どうしたらいい小説が書けるのでしょうか？」

小説を書こうと机に向かい白紙の原稿用紙を前にすると、どうしても身構えてしまいなかなか筆が進まない。脚本を書くときとは違う、説明できないようなプレッシャーを感じてしまう。コロは情熱だけではどうにもならないと思い悩んでいた。

「アドバイスになるかどうかは分からないが、とにかくたくさん書くことが大事なんじゃないかな。小説を書くことは孤独な作業だから、ついつい自分に負けたり、他人の評価を気にしたりする。自分というものをしっかり持って、書きたいと思うもの、書かなければならないものを何にも縛られず自由に表現することが大事だと思うよ。最初から名作や名文を書こうとするから書けなくなってしまうんではないかな。何も考えずに書けるようにしなければならないんだ」

賢司はコロの目を真っ直ぐに見つめ返しながら熱く語った。

若いときは冒険が必要だ。何度失敗や挫折《ざせつ》を繰り返してもやり直すことができる。

賢司はコロに、失敗を恐れて夢を諦めてしまうような人間になってほしくはなかった。

だが、小説ほど不確かなものはない。良い作品が多くの人々に読まれるという保証はどこにもない。おそらく誰の目にも触れずに消えていった名作も数多くあるはずだ。現に賢司が書いた『いちじくの花』も、コロが日本文学大賞に応募しなければ日の目を見なかっただろうし、受賞作ということと、作者がホームレスで行方不明という話題性がなかったら、これほどまでに部数を伸ばしていたかは疑問である。

「根来《ねごろ》君、今夜はカレーにしたから一緒に食べていってね」

奈々がコーヒーをいれて持ってきてくれた。

「はい、ごちそうになります」

コロはレストランで食べる長時間じっくり煮込んだカレーよりも、ジャガイモやニンジンがしっかりと形をとどめている家庭的なカレーのほうが好きだった。何度かご馳走になったことのある奈々のカレーは、まさにコロが大好きなカレーだった。

二人の話が終わるのを大人しく待っていた清志とかなえも、夕食がカレーだと知って大喜びした。

長いホームレス生活を経験している賢司は、食べることには興味を示さず、コーヒーをすするとまた熱く語りだした。

「小説を書くうえで重要なことは、誰にも分かりやすく書くことなんだ」

不確かな世界に自分の夢を託《たく》そうとしているコロに、賢司はどうしても成功してほしかった。

「はい」

素直にコロが頷《うなず》いた。言われてみると、難しい表現をしようといつも辞書を片手に悩んでいたような気がする。賢司の文章は違った。多摩川のテントの中で読んだ『いちじくの花』や他の作品にも、どれ一つとして難しい表現は使われていなかった。

「福沢諭吉が『学問のすすめ』を執筆していた頃の話をしよう。諭吉は原稿を書きすすめているとき、必ずと言っていいほど、高等教育を授《さず》かっていないお手伝いさんに読んでもらったそうだ。彼女が理解できなかったり読みづらそうにしている個所はすべて書き直し、誰もが理解できるように平易《へいい》な文章にしたそうなんだ」

「なんだか分かったような気がします。子供から大人まで、すべての人に愛されるような作品を生み出せるように頑張ります。他に気をつけなくてはならないことはありませんか？」

コロは一つでも多くのことを吸収しようと必死だった。

「そうだね、〝文は人なり〟という格言があるように、文章には書いている人の人柄が如実《にょじつ》に表れるんだ。作家を志すつもりなら、常日頃《つねひごろ》から自分を磨く努力をしなければならないと思う。根来君、君はまだ若い。見識《けんしき》を深めるためにいろんな経験を積む必要があると思うよ」

賢司は話し終えると、残ったコーヒーを一気に飲み干した。世捨て人だった賢司と大学を卒業したばかりのコロとでは、同じように文章を書くとしても違いが大きすぎた。何の目的もなくただ暇に飽《あ》かせて書いていた賢司には、それで食べていこうという考えはなかった。だが、コロは書くことを仕事だと捉えている。精いっぱいのアドバイスをしたつもりだが、賢司自身もそれが正しいのかどうか計りかねていた。

「ありがとうございます」

コロが賢司に頭を下げると同時に、清志が駆け寄ってきた。

「お兄ちゃん、もう用事は済んだんでしょ。一緒に遊べるよね」

清志はコロの手を取ると、かなえが待っているテーブルのところまで引っ張っていった。

「お兄ちゃん、ばば抜きをしよう」

かなえが知っているトランプのゲームは、ばば抜きと七並べぐらいだった。

「三人じゃつまらないから、母ちゃんも一緒にやろうよ」

コーヒーカップを片づけに来た奈々を、清志が誘った。

「そうね、夕食の準備をしなくちゃならないから、五時ぐらいまでならいいわよ」

五時までなら二時間ほどあった。

「じじ抜きじゃなさそうだから、私も入れてくれないかな」

病が癒《い》えたばかりの西尾も、ばば抜きに参加することになった。

五十二枚のカードにジョーカーを一枚加え、清志が何度もシャッフルしたあと全員にカードを配った。最初にジョーカーを手にしたのはかなえで、そわそわして落ち着きのない様子から、彼女がジョーカーを手にしているのは全員にばれていた。奈々がかなえから、かなえは清志から、清志は西尾から、西尾はコロからと順番にカードを引いていった。

何周かしたあと、奈々がかなえから引いたカードは手持ちのカードの数字と一緒になり、手元には一枚のカードが残っているだけになった。

かなえ、清志、西尾、コロと続き、再び奈々の順番がきた。

「さあ、上がるわよ」

奈々が気合いを入れてかなえからカードを引いた。

「キャハハハハハー！」

かなえが椅子から転げ落ちそうになりながら笑い声をあげた。

「かなえ、そんなに笑ったら皆に分かっちゃうでしょ」

「だって、おかしいんだもの」

結局、かなえが最初に上がり、最後まで残ったのは奈々と西尾だった。二人の間でジョーカーが何度も行き来し、そのたびにかなえが声を嗄《か》らしてしまうのではないかと心配するぐらい大笑いした。ばば抜きを数回したあと、ゲームが七並べに変わってもかなえのテンションは高いままだった。

「あら、もうこんな時間」

時計を見て、奈々が席を立とうとした。

「ママ、まだいいでしょ」

トランプで遊ぶのがよほど楽しいのか、かなえは奈々が抜けようとするのをなかなか許さなかった。

「ママは夕食の準備をしなくちゃならないの。ママの代わりにお父さんに頼んでみたら」

奈々に言われて、かなえがもじもじしながら賢司のところに歩いていった。

「お父さん、一緒にトランプで遊んでくれない？」

教材作りをしていた賢司が、かなえのぎこちない「お父さん」の言葉を聞いて優しく微笑んだ。

「この体じゃトランプで遊ぶのは難しいかな」

申し訳なさそうに、そして寂しげに賢司が答えた。

「大丈夫、私がトランプを持ってあげる」

右手のない賢司がゲームに参加するには、誰かの手助けがなければ無理だった。

「塾長が入ってくれるなら、違うゲームをしましょうか」

単純なゲームの連続に清志が飽きているのを察知して、コロがゲームを変えようと提案した。

「今、学校で流行《はや》っている大富豪のゲームをしようよ」

清志は少し駆け引きを必要とするこのゲームが気に入っていた。

「西尾さん、大富豪って知ってますか？」

「ああ、よく知ってるよ。昔、教え子とよく遊んだもの」

コロの問いかけに、西尾は何の支障もないことを告げた。

「塾長はご存じですか？」

西尾が賢司に尋ねた。

「知りませんが、ルールを教えていただければ大丈夫です」

清志が事細《ことこま》かくルールを説明すると、賢司が難色を示した。

「そのルールは少し、いや全くおかしいよ。それだと金持ちはいつまでたっても金持ちのままだし、貧乏人はずっと貧乏のままだよね」

賢司がおかしいと言ったのは、貧民が富豪に一枚、大貧民が大富豪に二枚、自分のカードの中から最も強いカードを渡さなければならないことに対してだった。

「同じ数字のカードを四枚一緒に出すと革命が成立し、一番弱かった3のカードが一番強くなり、順に4、5、6と続き、今まで最強だった2のカードが一番弱くなるんだ」

清志の口から革命という言葉を聞いたとき、賢司はなぜか十八世紀末のフランス革命と結び付けて考えていた。

「お父さん、文句を言ってもしょうがないよ。そういうルールなんだから」

何の疑問も抱かずに、ただ単にゲームを楽しんでいた清志にとって、賢司の主張は首を傾げるものだった。

「それじゃ、一つルールを加えてもいいかね」

賢司が清志に尋ねた。

「いいけど、変なルールだったら駄目だよ。どんなルールなの？」

新しいルールがどんなものなのか、清志は興味深そうに賢司の顔を見つめた。

「貧民同盟というものなんだ。貧民と大貧民との間でもカードの交換ができるというルールなんだよ。これだったら少しは平等に近づけるかな」

賢司は貧民と大貧民がお互いに欲しいカードを紙に書き、一枚だけやりとりができるという新しいルールを説明した。

「面白そうだね。試しにそれでやってみようよ」

清志に異存《いぞん》はなかった。

最初に大富豪になったのは清志で、一番先に上がると、右手の拳を握りしめてガッツポーズを決めた。富豪はコロ、貧民は西尾、最後まで上がれなかった賢司とかなえの組が大貧民になってしまった。

「えー、二枚もあげるの」

ジョーカーとハートの2を手札にしていただけに、かなえが不満を口にした。

「よしっ」

かなえが嫌々手渡したカードを見て、清志が力のこもった声を出した。

「かなえちゃん、まだ負けたわけではないからね」

悔しがっているかなえの頭を賢司が優しく左手で撫《な》でてあげた。

賢司が言うようにまだ負けが決まったわけではなかった。ジョーカーとハートの2を失った代わりに、クラブの3とダイヤの5を清志から手に入れた。

「ほら、5が三枚揃ったし、3もペアになったよね」

賢司は皆に聞こえないように、小さな声でかなえに耳打ちした。

「かなえちゃん、西尾さんから何をもらったらいいと思う？」

賢司が尋ねると、かなえは迷うことなく三枚揃った手持ちの5のカードを指差した。

賢司とかなえは皆に見えないようにして、メモ用紙に5と書いて西尾に渡した。

「やったあ！」

裏向きで渡された西尾のカードは、かなえたちが希望したスペードの5だった。

「かなえ、はしゃいでばかりいないで早くカードを出せよ」

強いカードばかりを手にしている清志は、早くゲームを始めたくてかなえを急がせた。

「お父さん、何から出したらいいと思う？」

まだゲームの駆け引きまでは把握《はあく》していないかなえが賢司にアドバイスを求めた。

大貧民としては劣勢を一挙に挽回《ばんかい》する千載一遇《せんざいいちぐう》のチャンスだった。

「5を四枚出して『革命』って叫びなさい」

賢司がかなえに指示を出した。

「革命！」

かなえが元気よく叫んだ。

「えっ、何これ⁉」

テーブルの上に広げられた四枚のカードを見て、清志が悲鳴に似た声を出した。

ゲームは貧民同盟の新ルールが功を奏し、勝利を確信していた清志が苦戦を強いられ、結果かなえたちが最初に上がり、一気に大富豪に昇格した。

大富豪から大貧民にまでたった一回のゲームで転げ落ちたはずなのに、清志はそのことをあまり気にしていないようだった。

賢司の考えた新ルールはゲームをよりスリリングなものとし、勝者は目まぐるしいほど変わった。

「まるで戦国時代の下剋上《げこくじょう》みたいだなあ」

歴史時代小説が好きな西尾らしい意見だった。

「もう一人で遊べるよね」

賢司はかなえにそう言うと、また仕事に取りかかった。

山形伝蔵《やまがたでんぞう》の尽力《じんりょく》で開設された札幌、福岡、東京三都市の無料塾も順調に運営がなされており、今年は新たに大阪、名古屋、横浜にも設立された。賢司の夢は都市部だけでなく、日本全国あらゆる地域に無料塾を作ることだった。それを成《な》し遂《と》げるためには、早急に教材を完成させなければならなかった。すべては賢司の双肩《そうけん》にかかっている。そう思うと一刻の猶予《ゆうよ》も許されなかった。

「塾長、仕事の邪魔《じゃま》になりませんか？」

ゲームがヒートアップしすぎて騒々しくなるたびに西尾が気兼ねして謝ったが、賢司は全く気にかけていなかった。

「さあ、晩ご飯ができたわよ。皆、手を洗ってきて」

ドアを開けて奈々が入ってくると同時に、おいしそうなカレーの匂いが部屋中に広がり、いやが上にも全員の胃袋を刺激した。

奈々が作ったカレーはかなえも食べられるように味付けされていたが、小食のコロでさえお代わりするぐらいおいしかった。

「ママ、お代わり」

口のまわりをカレーまみれにしたかなえが、清志に続いて二杯目を頼んだ。

(健太がいなくてよかった)

健太を連れてきていたら、鍋いっぱいに作ったカレーをおそらく一人で平らげていただろう。

ここ数カ月、お互いに忙しくてコロは健太に会っていなかったが、昨夜久しぶりに健太から連絡があり、真湖《まこ》が今夜テレビに出演することを教えられた。

「どうもごちそうさま。奈々さんは牧園先輩の昔の彼女をご覧になったことありますか？」

食べ終わった皿を流しに運びながらコロが尋ねた。

「いいえ、会ったことはないわ。とても綺麗な女《ひと》らしいわね」

どれほど綺麗なのか、奈々は同じ女性として大いに興味があった。

「七時からFテレビの番組に彼女が出演するみたいなんです」

「えっ、本当なの？　もうすぐ七時じゃない。洗い物はあとにして一緒に見ましょうよ」

番組は劇団の件でコロがお世話になったFテレビ局ディレクターの瀬尾が総指揮をとった春の特番だった。

〝有名占い師によるお悩み相談スペシャル、今夜、日本一の占い師登場〟

テレビの画面いっぱいにタイトルが映しだされた。

「前回の番組が高視聴率だったのを受けて、特に問い合わせが多かった三人の占い師と、新たにナンバーワン占い師に選ばれた長谷川玉樹《ぎょくじゅ》先生にお越しいただきました」

人気女子アナの番組紹介が終わり、最初の占い師が真紅のカーテンの後ろからゆっくりと登場してきた。陰陽師《おんみょうじ》安倍晴明《あべのせいめい》の末裔《まつえい》だと名乗る土御門秀峰《つちみかどしゅうほう》は、平安時代の装束である束帯《そくたい》を身にまとい、頭には烏帽子《えぼし》を被《かぶ》っていた。芝居がかった出《い》で立《た》ちだったが、占いのほうは確かで、相談者しか知り得ない情報を見事に当ててみせた。

「すごいな、この人」

コロはテレビの画面に釘付けになっていた。


「春の特番を君に任せようと思うんだが、どうだやってみるか？」

Fテレビ局の五階にある番組編成部に呼ばれるのは、瀬尾にとって久しぶりのことだった。数年前まで敏腕《びんわん》ディレクターとして飛ぶ鳥を落とす勢いの瀬尾だったが、やらせ問題で失墜《しっつい》してからというもの、大きな企画からは遠のいていた。

そんな瀬尾を救ったのが、香港の大食い選手権で出会った健太だった。健太は泣きながら肉まんを口に押し込み見事に優勝した。健太のやる気が瀬尾を甦《よみがえ》らせ、彼との二人三脚でいくつもの番組を成功させた。もう一人、真湖の存在も大きかった。彼女の美しさと独特の雰囲気が茶の間の話題となり、占いブームに火をつけた。

全くの素人を二人、視聴率の取れる人気者に仕立てた功績は、Fテレビ局上層部の人間に高く評価された。

「何か面白そうな企画はあるかね」

編成部長の山崎が鋭い視線を投げかけた。瀬尾が問題を起こしたとき、矢面《やおもて》に立ってかばってくれたのが山崎だった。彼のためにも自分のためにも絶対に失敗は許されなかった。

「もう一度占い番組をやるのはどうでしょうか。せっかくの占いブームに便乗《びんじょう》しない手はないでしょう」

急な話だっただけに、咄嗟《とっさ》に思い浮かぶアイデアはなかった。

「悪くはないけど、何か新しいものがないときついかなぁ」

山崎の顔が心なしか曇《くも》った。

「分かりました。まだ時間がありますから何か考えてみます」

瀬尾は前回話題になった真湖の出演をいの一番に考えていた。彼女の人気を決定的なものにするには、数多くテレビに出演して顔を売る必要があった。春の特番も、美人占い師クリスタル真湖再登場と銘打《めいう》てば、ある程度満足のいく視聴率は計算できた。だが、山崎はそれだけでは駄目だと言っている。

(何か新しいものか……)

瀬尾は数日そのことばかり考えていたが、なかなかいいアイデアが浮かんでこなかった。苦悩する瀬尾を見兼ねて、カメラマンの中井が心配そうな顔をして彼のデスクにやって来た。中井といえば香港の大食い大会からの盟友《めいゆう》である。

「瀬尾さん、どうせ占いの番組をやるのなら、日本一の占い師を呼んだらどうですか?」

アイデアとしては申し分ないものだった。

「日本一の占い師か……。それは面白いかもしれないな」

瀬尾は、一旦は中井の案で企画を進めていこうと思った。

「でも何を基準に、日本一の占い師と呼べばいいんだろう? 占いといっても、手相占い、姓名判断、占星術、タロット占いなど数え上げたらきりがないほどたくさんあるからなあ」

落ち着いて考えてみれば、無理があった。

「そうですね。手相占いの第一人者とか、タロット占いの権威とかだったら探しようがあるんでしょうが」

　瀬尾と中井はテレビ局内にある喫茶店に場所を移して相談した。

「こういうのはどうでしょうか？」

　何かひらめきがあったのか、中井がコーヒーを飲む手を休めて話し始めた。

「ネットかなにかで、無作為に五百人の占い師を選んで、アンケートをとってみたらどうでしょう」

「うん、どんなアンケートをとるんだ？」

　瀬尾が身を乗り出して尋ねた。

「自分以外のすごい占い師は誰かというアンケートで、一番得票が多かった占い師を日本一と呼ぶなら問題はないでしょう」

「確かにそれなら問題はなさそうだ。よし、それでいこう」

　瀬尾は中井の案を取り入れることにした。そして細部にわたって相談を重ねた。

「それだったら、日本一の占い師が決まるまでの過程を、君がカメラで追ってくれないかな」

　瀬尾は今回も中井と一緒に仕事がしたかった。

「分かりました」

中井もこの番組が瀬尾の正念場《しょうねんば》だということが分かっていた。

「番組の前半部分は、人気占い師の占いコーナーと日本一の占い師を捜し求めている映像を交互に流し、最後に日本一になった占い師に出演してもらうっていうのはどうかな？」

瀬尾の頭の中で番組の大筋が決まった。

北海道から沖縄まで系列各社の協力を得て五百人の占い師が選ばれた。

二週間後、アンケートの結果が出た。一位は六十三票を集めた長谷川玉樹という名の男性の占い師で、二位に四十票近くの差をつけていた。

「おい、この玉樹っていう名前の占い師を聞いたことがあるか？」

瀬尾の問いかけに中井が首を横に振った。

「すぐ彼に連絡をとって、出演交渉をしよう」

瀬尾はネットで長谷川玉樹の名前を検索してみた。

「全然ヒットしないなあ」

ヤフーでもグーグルでも見つけだすことができない。

「いったいどうなっているんだ？」

上手く事が運んでいただけに、瀬尾は少なからず苛立《いらだ》ちを覚えた。

「何か連絡をとる方法はないのかなあ」

中井も、カメラ片手に全国を飛び回っていたことが無駄になるのだけは避けたかった。

「長谷川玉樹に投票した占い師に片っ端から電話して、彼の連絡先を聞いてみるしかないだろう」

「考えられる方法は、それしかないでしょうね」

二人は手分けして、玉樹に投票した六十三人の占い師に電話をかけようとした。

「中井君、ちょっと待ってくれ」

受話器を手に取り電話をしようとしていた中井に、瀬尾がストップをかけた。

「どうしたんですか？」

不思議そうな顔をして中井が尋ねた。

「ひょっとしたらかえって面白いかもしれないぞ。謎多き日本一の占い師という線で、彼を追跡取材するってのもありだな」

瀬尾は中井にカメラを持ってくるように命じ、自らが電話している映像と音声をとらせた。

「Fテレビ局の瀬尾と申しますが、あなたが投票された長谷川玉樹さんの連絡先を教えてもらえないでしょうか？」

占い師のリストを見ながら、瀬尾は根気よく電話をかけていった。

「さあ、今どこにいて何をしているのか全く分かりません」

「十年前までは、大阪で占いの教室を開いていたんですが、ある日突然私たちの前から姿を消したんです」

「ああ、教室のことですか。どうも信頼していた弟子の一人に金を持ち逃げされたって聞いていますよ」

「いや、それは違います。教室の教え子が霊感商法に加担《かたん》して刑事事件を起こしたのを機に、教室を閉めたそうです」

十年前までの消息は摑めても、現在どこで何をしているか誰一人として知らなかった。

「うーん、これまでか」

最後の一人に電話したあと、瀬尾はがっくりと肩を落とした。

「瀬尾さん、さっき電話に応答がなかった占い師さんがもう一人いますよ」

「どうせ駄目だろう」

最初の意気込みが嘘のように、瀬尾はすっかり元気をなくしていた。

「駄目元《だめもと》でいいじゃないですか。もう一度電話してみましょうよ」

中井の熱意に負け、瀬尾はもう一度受話器を手に取った。

「車で移動中だったので、電話に出られなくて申し訳ありません。玉樹さんでしたら、私の知人が金沢で見かけたそうです。去年の九月頃、街占《がいせん》をしていたと言っていました」

「街占っていうと、道端で占いをしていることですよね」

「そうです。辻占《つじうらな》いとも言いますが……」

「日本一といわれているような人が、なんでまた街占なんかしているんでしょうか？」

有名な占い師が、雨風にさらされるような場所で占いをしていること自体、瀬尾には納得のいかないものだった。

「先生らしいなと私は思いました」

「今も金沢におられると思いますか？」

「さあ、分かりません、ただ言えることは、日本のどこかの街角で占いをしていることは確かでしょうね」

ついに玉樹の足取りが摑めた。

「すぐに金沢へ飛ぼう」

居ても立ってもいられない様子で、瀬尾が中井を急がせた。

「去年の九月の話だから、無駄足になってしまうかもしれませんよ」

「いなくてもいいんだ。むしろいないほうが、番組的にはいいんだよ。日本一の占い師を捜すのがどれだけ大変だったか視聴者に訴えることができるからな」

二人は午後の便で羽田から小松空港へ向かった。

「兼六園《けんろくえん》まで頼む」

小松空港に降り立った二人は、金沢テレビ局が用意してくれた車に乗り込み、水戸の偕楽園《かいらくえん》、岡山の後楽園《こうらくえん》とともに日本三名園の一つである兼六園へ向かった。

「まだ雪が積もっていますね」

広さ十万平方メートルの回遊式庭園の周りを、二人は寒さをこらえながら聞き込みを続けた。

「やっぱり駄目でしたね」

夕食を食べる時間まで聞き込みを続けたが、玉樹の行方は杳《よう》として知れなかった。

翌日、Ｆテレビ局に戻った瀬尾は、全国の系列各社に電話をかけて、街占に関する情報を求めた。法律が厳しくなったせいもあって、現在街角で占い師を見かけることは滅多《めった》にない。それだけに、玉樹がまだ街占をしているなら案外早く見つかりそうな気がした。


一週間後、瀬尾に電話がかかってきた。

「仙台放送の梅宮です。お捜しになっていらっしゃった長谷川玉樹さんらしき人物を見かけました。場所は仙台駅前の青葉通りです。どうやら一昨日《おととい》から、この場所で街占を始めたようです」

急がねばならない。瀬尾と中井は取るものも取りあえず、東京駅に向かった。二十時四分発の〝はやて・こまち41号〟に乗ることができれば、二十一時四十四分に仙台駅に着ける。運が良ければ今夜のうちに玉樹に会えそうだった。


仙台駅の改札口で梅宮と落ち合い、彼の案内で玉樹が街占をしている場所に連れていってもらった。

「Fテレビ局でディレクターをしている瀬尾です。長谷川玉樹さんでしょうか？」

瀬尾が挨拶を済ませるのを待って、中井がカメラで撮影してもいいか許可を求めた。

「玉樹ですが、私に何か用ですか？」

穏やかな風貌《ふうぼう》だが、瀬尾を見つめる視線は鋭かった。

「私たちが企画した春の特別番組に出演していただこうと思い、お願いに参りました」

瀬尾がこれまでの経緯を説明してから出演交渉を始めた。その模様は中井がしっかりとカメラに収めていた。

「テレビに出るつもりは全くない」

玉樹が出演を強く拒否した。

「なぜ駄目なんです？」

瀬尾もこのまますごすご帰るわけにはいかなかった。

「君たちが企画した番組には、何かのテーマがあるのかね」

瀬尾は春の特番を、単なるバラエティー番組としか考えていなかった。

「テーマと言われましても……」

すぐには答えようがなく、瀬尾は口ごもってしまった。

「主義主張のない、ただ垂れ流しているような番組に出演する気は毛頭《もうとう》ない」

吐き捨てるように言い放った玉樹の圧倒的な迫力に、瀬尾は思わず肩をすくめた。

「意義あるものだったら出演しないとは言わない。あと三日はここにいるつもりだ。それまでに私を納得させるだけの答えを見つけたらもう一度だけ話を聞こう」

玉樹の表情が少し和らいだように見えた。

「分かりました」

瀬尾と中井は深々と頭を下げ、その場を立ち去った。

（テーマか……）

梅宮に用意してもらったホテルへの道、二人は同じことを考えながら歩いた。


リビングのソファーに賢司と奈々とコロが腰を下ろし、真湖の登場を今か今かと待ち受けていた。少し大きめのテレビの画面には、日本一の占い師を見つけるまでの経過が映しだされ、仙台での二度目の出演交渉の場面がそのあとに放映された。

「テーマは生命《いのち》です。この世の中で一番大切なもの、生命をテーマにしました」

瀬尾は答えを用意して、玉樹にもう一度出演を依頼した。

「大きなテーマですね。なぜ生命をテーマに選んだのですか？」

玉樹の目が鋭く光った。

「最近のニュースでご存じかと思いますが、いじめが原因で自殺をする子供たちが後を絶ちません。いじめの問題がクローズアップされてから七年以上も経過しています。それなのに、いじめは減少するどころか増加しているのが現状です。いじめが一向になくならないのなら、せめて被害者の自殺を食い止めなければならないと思ったからです」

〝生命の尊厳〟それが報道出身の瀬尾が考えに考え抜いた結果、今まさに取り上げなければならないテーマであるように思えた。

「あなたのことを誤解していたようだ。いいでしょう、あなたの番組に出演しましょう」

そう答えた玉樹の顔には、モザイクがかけられていた。

「どんな人なんでしょうね？」

奈々がもどかしそうな顔をした。

結局、玉樹の顔は分からないままコマーシャルが流れ、番組が再開すると、二人の占い師が登場した。

「土御門秀峰さんに続いて二人目の占い師は占星術の貴公子、マイケル柏木さんです」

女子アナに紹介されて、長身で細身の男がカーテンから姿を現した。

「相談者は、人気沸騰中のお笑い芸人、ハットトリックの中杉さんです」

中杉が顔に似合わぬ二枚目気取りで颯爽《さっそう》と登場した。するとスタジオに見学に来ているお客さんの中から笑いが起こった。出てくるだけで笑いを取るあたり、さすが芸人である。

「早速ですが、生年月日を教えてください」

会場の笑いを無視して、柏木がすぐに占いを始めた。

「一九九二年の十一月十日です」

中杉が神妙《しんみょう》な顔をして答えた。

「射手座の金星ですね。あなたはいつも新しい恋を探し求めていますね。最近、一年ほど付き合っていた彼女と別れたんじゃないですか？」

付き合っていたことも、最近別れたことも身近な人以外知っているはずがなかった。

「それはそうやけど、何であんたが知っとんねん。あんた週刊誌の回しもんと違《ちゃ》いまっか」

中杉の言葉に、会場が沸いた。

「恋愛の話はもうええから、仕事のほうはどないでっしゃろ」

「来年が勝負の年になるでしょう。今の人気にあぐらをかかず努力さえすれば、息の長い芸人として成功するでしょう」

「ほんまでっか。もし来年駄目やったら、あんたに責任とってもらいまっせ」

笑いの中、マイケル柏木のコーナーが終わった。

「いよいよ、お待ちかねの美人タロット占い師、クリスタル真湖さんです」

スポットライトを浴びて真湖が登場した。春を意識しているのか、白地にピンクの花模様をあしらったサテンドレスを身にまとい、颯爽と歩く姿は一流のモデルを彷彿《ほうふつ》とさせた。

「綺麗な人ね」

大映しになった真湖を見て、奈々がため息をついた。

「びっくりするほど綺麗でしょ」

自分とは何の関係もないのに、コロは誇《ほこ》らしげに胸を張った。

「賢司さんはどう思います？」

仕事の手を休めて皆と一緒にテレビを見ている賢司に奈々が感想を求めた。

「綺麗な人だとは思うが、目がきつい感じがするね。どちらかというと、私は優しい目をしている君のほうが好きだがね」

滅多にお世辞など言ったことのない賢司だけに、まんざら嘘ではなく本心のように思えた。

「うまいことを言っても何も出ませんからね」

口ではそう言っても、奈々はよほど嬉しかったのか耳まで真っ赤になっていた。


「十月までは仕事も健康面も何の問題もありませんが、十一月から年末にかけて体調を崩す可能性があります。少しお酒を控えたほうがいいでしょう」

真湖の占いの相手は、最近人気急上昇中のイケメン俳優青山直人だった。真湖は相手が俳優だろうと興味を示さなかった。一方、青山はというと、そのへんの女優よりもはるかに美しい真湖の魅力の虜《とりこ》になっていた。

出番が終わるとすぐに、青山はマネージャーを伴って真湖の楽屋を訪れた。

「このあと予定がなかったら一緒に食事をしませんか？」

今日初めて会ったばかりなのに、青山には自信があった。なぜなら今まで誘った女の子に断られたことがなかったからである。

「食事だけなら付き合ってあげてもいいけど、安いお店だったらお断りするわ」

「フレンチのフルコースならいいでしょうか？」

青山は真湖が強がっているのも今だけで、すぐに自分の魅力に参るものだと思っていた。

「そうね、恵比寿あたりの洒落《しゃれ》たレストランだったら付き合ってもいいわ」

「じゃあ、恵比寿二丁目の〝ラ・マルセーヌ〟にしましょう」

青山はマネージャーに予約を入れるように命じた。

「ディレクターの瀬尾さんに挨拶してから行くわ。先に行って待っててちょうだい。それから行きと帰りのタクシー代もお願いできるかしら？」

青山は世間が認めるイケメン俳優だったが、真湖にしてみればのぞき魔のほうが、まだましのような気がしていた。

満を持して日本一の占い師、長谷川玉樹が姿を現した。真紅のカーテンが開き、スモークの中から白髪の老人が歩み出てくるとカメラがゆっくりと彼の顔に近づいていった。

真湖が画面から消えると、奈々は洗い物をしようと腰を上げた。

「あっ⁉」

玉樹の顔がアップになった瞬間、奈々が声をあげた。

「あっ！」

少し遅れて賢司も驚きの声をあげた。

「賢司さん、この人よ、この人に命を助けられたの！」

将来に希望をなくし、生きていく気力もなくしてしまったとき、奈々に「気楽に生きろ」と忠告してくれた易者《えきしゃ》だった。

「顔相から判断すると、一年もたたないうちに素晴らしい幸運に巡り合うと出ておるぞ」

易者の言葉は本当だった。タロウが縁《えん》で西尾と出会い、飼い主だった賢司とも巡り会い結婚することができた。二人の子供たちも実の父親のように賢司を慕っている。

これ以上の幸せはないと奈々は心の底から感謝している。

「母親は一家で太陽でなくてはならん。いつも明るく輝いていなければならんのじゃ」

奈々は言われたとおりに、毎日を明るく笑って過ごした。明るく振る舞うことで、いつしか不安は消え、明日への希望が芽生えた。

(あのとき死ななくてよかった)

画面に映る玉樹の顔を見ながら、奈々は目頭が熱くなるのを感じた。

「長谷川玉樹って名前だったんだ……」

奈々はこらえきれず、大粒の涙を流した。

第三クォーター　生命《いのち》のバトン

　奈々が命の恩人とも言うべき易者、長谷川玉樹と、テレビ画面で再会したときには、賢司の記憶はほぼ回復していた。その大きなきっかけとなったのは、半年ほど前に行った奈々との新婚旅行だった。新婚旅行とはいっても、失われた賢司の記憶を取り戻すための旅行も兼ねていた。

　九月のある晴れた日、賢司と奈々と二人の子供たちは、ゴカイの哲次が運転する車で東京駅まで送ってもらった。そして最初の目的地である、賢司の生まれ故郷、神戸へと向かった。

　東京駅からずっと移りゆく景色を眺めていた清志が大声で叫んだ。

「わっ、富士山だ！」

　写真でしか富士山の全貌《ぜんぼう》を見たことのない清志は、優しさと力強さを併《あわ》せ持つその姿に感動し息をのんだ。

「とっても綺麗」

かなえは顔を窓ガラスにくっつけ、飽きることなくその大パノラマを見続けた。清志やかなえだけでなく、賢司と奈々も、そして乗客のほとんど誰もが自然の造った美しいフォルムに心を奪われていた。

「朝が早かったから、お腹が空いたでしょ。お弁当を食べましょう」

倹約家《けんやくか》の奈々は駅弁は買わずに、早起きして皆の弁当を作ってきていた。いつも口にする卵焼きやウィンナー、おにぎりでさえも列車の中で食べると格別な味がした。

「哲次さん、奥さんと一緒に住めるようになって本当に良かったわね」

ずっと哲次の相談相手になっていた奈々は、二人が一緒に生活を始めたのを自分のことのように喜んだ。記憶を失ったあと、一年近く哲次の世話になっていた賢司も、当然同じ思いだった。

列車は京都、新大阪を経て、東京を出発してからおよそ三時間後、新神戸のホームに到着した。

神戸の街は、一九九五年一月十七日に起こった阪神・淡路大震災により壊滅的《かいめつてき》な打撃を受けたにもかかわらず、傷跡一つ残さず見事に復興を遂《と》げていた。小説『いちじくの花』に書かれていた賢司が通っていた小学校も、よく遊びに行った三角公園もすっかり新しくなり、昔の面影は何一つ残っていなかった。最後に訪れた長田区日吉町の住まいも、今は近代的なビルに様変わりしていた。

記憶をたどれそうなものは何一つ残っていなかった。賢司たち四人は六甲山《ろっこうさん》北側の紅葉谷にある有馬温泉で旅の疲れを癒やした。

「背中を洗ってあげる」

露天風呂にゆっくりと浸かっている賢司に、あとから入ってきたかなえが声をかけた。

「かなえ、お前にできるのか？」

家では、賢司の背中を洗うのは清志の役目になっていた。それだけに、自分の仕事を奪われたようで、いつもは仲のいい妹に対して強い口調になってしまった。

「清志君、今日はお父さんが君の背中を洗ってあげるよ」

賢司にそこまで言われると、清志も機嫌を直さざるを得なかった。

清志、賢司、かなえの順に一列に並び、清志の背中を賢司が、賢司の背中をかなえが洗った。

「ありがとう。お陰でさっぱりしたよ」

洗い終わったかなえに賢司が礼を言った。かなえの力では大して汚れも落ちていないのは分かっていたが、彼女の気持ちが嬉しかった。

「優しいお孫さんで、いいですね」

初老の泊まり客が、うらやましそうに賢司に声をかけてきた。

「はい」

孫ではなく子供ですと敢《あ》えて否定はしなかった。世間の目からすれば、そう思われても仕方がない年齢差だったからである。

奈々の家族と賢司の間には、どことなく遠慮をしてしまうぎこちなさが残っていたが、お互いの努力で日を追うごとに絆《きずな》が深まっていった。


翌朝、神戸での滞在日数を一日繰《く》り上げて、賢司たち一家は博多に向かった。

旅の疲れか、朝が早かったせいか、清志とかなえは列車の中でほとんどの時間寝ていた。

「神戸は残念でしたわね。でも博多は期待できるんじゃないかしら。私、そんな気がします」

神戸では記憶につながるものを何も見つけられず、心なしか悲しそうに見える賢司を奈々が励ました。

列車は本州と九州を結ぶ全長三千六百メートルの関門《かんもん》トンネルに差しかかった。

「ママ、もう夜になったの？」

やっと目を覚ましたかなえが、目をこすりながら窓の外を見た。何も見えないほどの暗闇《くらやみ》がかなりの時間続いた。

「長いトンネルだね」

清志がそういった矢先、列車は一転して光り輝く陽光の世界に突き進んでいった。

トンネルの闇が賢司の暗い過去を象徴しているのなら、明るい日差しは何かいいことが起きる前兆のような気がした。

「ママ、見て！　海よ！」

車窓から見え隠れする玄界灘《げんかいなだ》に、かなえが目を輝かせた。

「かなえちゃん、もうすぐ博多駅に着くからね」

午前八時三十五分に新神戸駅を発車した「のぞみ99号」は、小倉駅に停車するとおよそ二十分後にその長い旅を終えた。

ホームから改札口を抜け、駅の構内を歩いていても、賢司の表情に何の変化も表れなかった。最近リニューアルされたばかりの駅ビルの中には、賢司の記憶を呼び覚《さ》ますものは何一つとして残っていなかった。

駅の構外に出てみても同じだった。賢司が東京大学を受験するために上京したときも、帰省《きせい》して母の死に直面したときも、駅の周辺はまだ整備されておらず、至る所に空き地が目立っていた。

だが、今賢司の目の前に広がる光景はまるで違った。ホテルやオフィスビルが林立《りんりつ》し、昔の面影はきれいに払拭されていた。

「大きな街ね」

九州最大の都市だといっても所詮《しょせん》、地方都市にすぎないと思っていたのだが、実際目にする博多の街は想像とはあまりにもかけ離れていたため、奈々は驚きを隠せずにいた。

駅から、予約していた天神のホテルまで地下鉄で移動した。祇園《ぎおん》、中洲川端を経て、五分ほどで電車は天神駅に到着した。

「ママ、何か食べようよ」

朝食を食べていなかったかなえが、空腹に耐えかねて奈々の手をぐいと引っ張った。

「博多っていえば、やっぱり豚骨ラーメンよね」

奈々はガイドブックを取り出し、天神駅周辺のラーメン屋を調べた。

「かなえちゃん、少し歩くけど大丈夫？」

おいしいと紹介されている店は、駅から歩いて七分ほどのところにあった。

「母ちゃん、行列ができているよ」

清志が言うように、まだ正午前なのに店の前には十数人の列ができていた。

地元の人にも人気のラーメン屋は、開店したばかりだというのに、カウンター席もテーブル席もすべてが塞《ふさ》がっていて、賢司たちは二十分以上待たされてやっと入店することができた。

「お腹が鳴っちゃった」

歩いたのと、空腹なのと、おいしそうなラーメンの匂いとが、かなえの胃袋を刺激した。

「はい、お待たせ」

テーブル席に案内されるとすぐにラーメンが四杯運ばれてきた。

豚骨を十時間以上煮込んだ白濁色のスープは、かなえには食べられそうにないほど脂《あぶら》ぎっていた。

「かなえちゃん、食べられそう？」

心配して、奈々がかなえに尋ねた。

「ママも早く食べてみて。こんなおいしいラーメンを食べるのは初めて」

かなえが大きな音をたてて、極細の平麺《ひらめん》をすすった。奈々もスープを口にした。見た目ほどの脂っこさはなく、思っていたほどの臭みもない。

「本当においしいわね。賢司さんもそう思わない？」

目を細め、隣に座っている賢司に奈々が同意を求めた。

「ああ」

一口麺をすすったあと賢司は箸を持つ手を休め、何かを考え込むかのようにじっとラーメンの器に目を落としていた。

「賢司さん、早く食べないと麺が伸びてしまいますよ」

固まったように身動きしない賢司を心配して、奈々が声をかけた。

「この味なんだ。確かにこの味なんだ！」

賢司の脳裏に鮮やかに甦ってくるものがあった。

行商《ぎょうしょう》でリヤカーに積んだ魚介類がすべて売り切れた日には、母は必ずと言っていいほど銭湯《せんとう》の帰りに屋台に寄ってラーメンを食べさせてくれた。

「今日は寄り道するよ」

母が誇らし気に胸を張ると、賢司と弟の康人《やすひと》は先を争うようにして屋台に駆けていった。赤いのれんをくぐると、ねじり鉢巻きをした屋台の大将がいつも笑顔で迎えてくれた。

「皆には内緒だよ」

大将は悪戯っぽく笑うと、必ずチャーシューを一枚多くサービスしてくれた。

「母さんも一緒に食べようよ」

二人が食べ終えるのを外で待っている母に賢司が声をかけても「母ちゃんはお腹いっぱいだから」と言って、中に入ってこようとはしなかった。結局、三人で一緒にラーメンを食べたことは一度もなかった。

貧しくても貧しさを感じさせないようにしてくれた母の面影が、ぼんやりとだが浮かんできた。それは決して綺麗な姿ではなかった。手ぬぐいを頭からすっぽり被り、もんぺをはいてリヤカーを引いて働く母の姿だった。

賢司の目にキラリと光るものが見えた。やがて嗚咽《おえつ》とともにその光るものが目じりから溢れだし頰《ほお》に流れた。

「賢司さん、大丈夫？」

誰はばかることなく涙する賢司を見て、奈々は慌てた。賢司の嗚咽はなおも続き、店員も他の客も何があったのかと声を忍ばせて囁《ささや》き始めた。

「どうしたの？」

清志が心配して声をかけ、かなえも不安そうな顔で賢司を見た。

賢司が最初に思い出したのは、小さかった弟の康人と母のリヤカーを押して、行商の手伝いをしている光景だった。

「魚はいらんかねー」

「おいしい魚はいらんかねー」

母に代わって二人で大きな声を出しながら街中を練《ね》り歩いた。

「小さいのに偉《えら》かねー」

「残っとう魚、全部買《こ》うちゃるばい」

二人が手伝うと、魚は面白いように売れた。

「康人、疲れたでしょ」

賢司と母は、へばってしまった康人を荷台に乗せ、童謡を口ずさみながら家路についた。

「母ちゃん、お腹が空いた」

「じゃあ、銭湯の帰りに屋台に寄ってもいいよ」

赤とんぼの歌、屋台のラーメンの味……。

だが、突然楽しかった思い出が一変した。

「康人、康人！」

耳を覆《おお》いたくなるような母の甲高い叫び声が聞こえてきた。高熱で苦しむ弟に、賢司は何もしてやることができなかった。

無邪気に笑っている弟の顔と、死んだようにぐったりとしている顔が、交互に賢司の頭の中をよぎっていく。賢司の目から止めどなく涙が流れ落ちた。


「賢司さん、もう出ましょ」

清志とかなえが食べ終わるのを待って、奈々は賢司を椅子から立ち上がらせた。

「だいじょうぶ？」

かなえが心配して、賢司の手を強く握りしめた。

ホテルに着いて部屋に入ると、ようやく賢司が落ち着きをみせた。

「明日の朝、東京に帰りましょう」

これ以上、賢司の苦しんでいる姿を奈々は見たくなかった。

「いや、予定どおりに旅行は続けよう」

奈々の心配をよそに、賢司は博多での滞在を主張した。辛い思い出をいつまでも避けていては、記憶の回復は望めないと思ったからである。

翌朝、賢司たちはこの日も箱崎宮前《はこざきみやまえ》駅まで地下鉄を利用した。

「すごく混雑してるね」

駅に到着すると乗客が一斉に下車し、ホームは改札口に向かう人たちで溢れんばかりだった。やっとの思いで地上に出ると、人出が多い理由が分かった。

「わー、お祭りだ」

清志が目を輝かせた。

博多三大祭りの一つ「放生会《ほうじょうや》」が筥崎八幡宮《はこざきはちまんぐう》で催されていた。「放生会」は「どんたく」や「祇園山笠《ぎおんやまかさ》」とは違って、全国的にはそれほど有名ではないが、それでも九月十二日から十八日までの期間中、全国から百万人以上の人が訪れ、海まで続く参道《さんどう》には七百店ほどの露店《ろてん》が並ぶ大きな祭りである。

「放生会ってどんな意味なの？」

向学心の強い清志が尋ねた。

「すべての生き物の生命を尊び、殺生《せっしょう》を戒《いまし》め、供養するという仏教の教えに基づく宗教儀式のことだよ。難しいけど分かるかな？」

「うん、なんとなく分かるよ」

「お祭りをやってるなら、せっかくだから少し見ていこうか」

賢司が清志とかなえに尋ねると、二人は飛び上がって喜んだ。

「近所のお祭りとは全然違うや」

東京では大きなお祭りに行ったことのない清志が興奮気味に話した。

四人は筥崎八幡宮へ続く道を、人込みにもまれながら歩いた。

「かなえちゃん、そばを離れちゃ駄目よ」

奈々はかなえの左手をきつく握った。奈々の心配をよそに、かなえはその手を振りほどこうとした。

「駄目よ、迷子になっちゃうでしょ」

「だって、たこ焼きが食べたいんだもん」

たこ焼き、焼きそば、チョコバナナ、大判焼きなど食べ物を売っている露店が軒《のき》を連《つら》ね、おいしそうな匂いが辺り一面に漂っていた。

「さっき朝ご飯を食べたばかりじゃない」

奈々の言うとおりかなえは、ホテルでビュッフェ形式の朝食を食べたばかりだった。

「だって、おいしそうなんだもん」

かなえは奈々の手を引っ張りながら、匂いに誘われるようにして店の前に立った。

「しょうがないわね。お兄ちゃんと半分こにしなさいよ」

奈々は財布から千円札を一枚取り出し、たこ焼きを売っている若者に渡した。

「お姉さん、はい、五百円のお釣《つ》り」

若者にお姉さんと呼ばれ、奈々は悪い気はしなかった。

「お姉さんじゃなくて、ママだよ」

かなえが口をとがらせて否定した。いい気分になれたのは、ほんの一瞬だった。今の幸せが年齢よりも自分を若く見せているのだと、奈々はそう思った。

真っ直ぐな参道をそれ、何を思ったのか賢司が右の脇道に入っていった。

「ママ、ここは何？」

賢司の後に続いて歩いていたかなえが足を止めた。

「さあ、寄ってらっしゃい、見てらっしゃい。親の因果が子に移り、生まれてきたのがこの娘、綺麗な顔をしているが三メートルのろくろ首、この世に二人といない蛇娘、嘘のような本当の話、騙《だま》されたと思って見てちょうだい、千五百円なら損はない……」

赤や黄色の原色を使った看板を背にして、少し髪の薄くなった男が声を嗄らすほどの大声で呼び込みをしていた。

「見世物《みせもの》小屋だよ」

奈々に代わって賢司が答えた。

「中に入ってみたい」

怖いもの見たさで、かなえが賢司にせがんだ。

「駄目だ。子供が見るようなものじゃない」

賢司の声は、いつになく強い口調だった。

「かなえちゃん、わがままばかり言わないの」

昨日のように、賢司の様子が急変するのを心配して、奈々がかなえをたしなめた。

賢司が声を荒げたのは、子供の頃どうしても中を見たくて、テントの隙間から潜り込んだときのことを思い出したからである。

賢司の目に最初に飛び込んできたのは、真っ白なおしろいを塗った和服姿の二人の若い娘だった。彼女たちの体には大きなニシキヘビがまとわりつき、絶えずそのヌメヌメした体を動かしていた。

「さあ、二人の蛇娘が毒蛇を使って、危険な技に挑戦します」

呼び込みの男が観客に拍手を求めると、片方の娘がプラスチックの箱を手に取り頭上にかざした。箱の中には大量の蛇がうごめいていた。娘は蛇を観客に見せようと客席に近づいてきた。

「えっ!?」

思わず賢司が声を出した。若いと思っていたがそれは厚化粧のせいで、近くで見ると目尻《めじり》の皺《しわ》は隠せなかった。当然ろくろ首などは嘘っぱちで、おそらく毒蛇というのも眉唾物《まゆつばもの》に違いなかった。二人の蛇娘は箱の中から数匹の蛇を取り出し、体中を這《は》わせ始めた。それから先の出来事は、賢司の夢の中に何度も現れ、そのたびに嫌な思いをした。

蛇娘が次にとった行動は意外なものだった。肩でもぞもぞ動いている一匹の蛇を鷲《わし》摑《づか》みにすると、片方の鼻の穴にすべり込ませた。客席にどよめきが起こったあと、蛇娘は満面に笑みを浮かべ口からそれを出してみせた。もう一人の蛇娘も同じことを何度も繰り返した。

「絶対に駄目だ」

大人でも気持ち悪いものを、かなえに見せるわけにはいかなかった。

「うん、分かった」

普段と違う賢司の険《けわ》しい顔を見て、素直にかなえが諦めた。

「昔は、サーカスが来たりしてたんだ。今はどうか分からないが〝バナナの叩き売り〟や〝がまの油売り〟などがいて、毎日遊びに来ても飽きないほど面白かったよ」

「どんたく」や「山笠」については何も思い出さなかったが、筥崎八幡宮で催《もよお》される「放生会」と正月の「玉せせり」は、場所が家から近かったせいか、まるで昨日のことのように記憶が甦ってきた。

脇道から参道に戻った賢司たちは参拝をしたあと、賢司が住んでいた家のほうへと歩《ほ》を進めた。

「賢ちゃん、賢ちゃんじゃなかね？」

灰色のグレートデンと散歩していた初老の男が声をかけてきた。

「……」

見覚えのない顔に、賢司が怪訝な顔をした。

「豆腐屋の留吉《とめきち》たい。小学校のときと中学校のとき、一緒だった留吉ばい」

陽一から留吉のことは聞いていたが、顔を見ただけでは記憶がうまく結び付かなかった。

賢司は留吉に、記憶喪失のことや怪我のこと、今回の旅行の目的などをかいつまんで話した。留吉は賢司が記憶を取り戻すために、できる限りの協力をしようと思った。

「ほら、あそこに見えとうとが箱崎小学校ばい」

賢司が通っていた頃からおよそ半世紀が経過している。二年生から五年間学んだ校舎はこれまでに何度も改築していたし、賢司の記憶も定かではなかった。

「ジョッシュ、伏せ」

じっとしているのに飽きたのか、グレートデンがかなえのいる方向に歩きだした。

「ママ」

怖がってかなえが奈々の後ろに隠れた。

「大丈夫だよ、大人しい犬だから。それよりこれからどこに行きんしゃると？」

かなえに笑顔を見せたあと、留吉が賢司に尋ねた。

「昔住んでた家に行こうと思っとるとよ」

留吉につられるようにして、自然に賢司の口から博多弁が出てきた。

「そんなら、一緒についてきんしゃい」

留吉はいつもの散歩コースを外れて、賢司の家まで道案内を買ってでた。

小学校からバス通りを歩くこと五分、賢司が高校卒業まで過ごした網屋《あみや》立筋《たてすじ》二丁目の住所にたどり着いた。

「ここが賢ちゃんが住んでたところやけん」

焼失した家の跡には新しい家が建ち、賢司の知らない人が住んでいた。しかし、賢司は以前、自分が住んでいた家を思い出した。そして記憶をたどっていくと、嫌な思い出ばかりが甦ってきた。思い出したくない母の死や父の死が、ちらちらと脳裏をよぎっていく。

「もういい。これ以上は思い出したくない。もう記憶回復の旅は、これで終わりにしよう」

もう十分だった。これ以上記憶が鮮明になったところで、何の益《えき》もない。

「そうね、やめにしましょう」

昨日のラーメン屋での出来事を奈々は思い出していた。これ以上、賢司を苦しめたくはなかった。

「それがよか。せっかく博多に来んしゃったとなら、何かうまかもんを食うていってもらわんと」

携帯電話を取り出し、留吉が誰かと話し始めた。

「何があるとね。車エビとウナギね。今から俺の大事なお客さんを連れていくけん、うまかもんを作ってくれんね」

留吉は電話を切ると、賢司に夕食を一緒に食べようと誘った。

「まだ夕食には早いから」

賢司は留吉との夕食を辞退したが、彼の押しの強さに渋々承諾《しょうだく》せざるを得なかった。

「ここが賢ちゃんとも同級生だった海苔屋《のりや》の欽《きん》ちゃんの店ばい。覚えとらんかなあ、いつも鼻水を垂《た》らしとったあの欽ちゃんたい」

賢司たちは掃除のよく行き届いた小綺麗な畳《たたみ》の部屋に案内された。

「欽ちゃん、賢ちゃんば連れてきやったばい」

「大切な客って、賢ちゃんのことやったとね。懐かしかー。元気にしとったとね」

坊主頭の欽ちゃんが今にも抱きつこうとするぐらい喜んだが、すぐに口をつぐんで悲しそうな目をした。欽ちゃんの目は、賢司の右腕があった場所を捉えていた。

「この店は、新鮮な魚介類が揃っとるけん、何でも好きなもんば注文したらよかよ」

湿っぽくなりそうな空気を察知した留吉が、清志とかなえに語りかけた。

「賢ちゃん、覚えとうね。いつもあんたがクラスで一番やったことを。頭の悪かった俺や留吉は、あんたによう勉強ば教えてもらったもんばい。お陰で二人はまともに商売できて、そこそこ成功することができたとよ。昔のお礼と言っちゃなんやけど、今日は勘定はいらんばい。それから遠慮《えんりょ》はなしやけんね。好きなもんを好きなだけ食べていきんしゃい」

欽ちゃんは一旦調理場に引っ込み、すぐに戻ってきた。

「賢ちゃん、これば食べてみんね」

あめ色をしたところ天のような食べ物が、かつお節をまぶした状態で、小鉢に入って運ばれてきた。

黒塗りの座卓の上に置かれたおきゅうとは、福岡県独自の食べ物で、海藻《かいそう》のエゴノリと沖天を天日干しにしたあと、酢を加えてよく煮て溶かし、裏ごしして固めたものである。

「賢ちゃん、なんでおきゅうとって言うか知っとうね？」

留吉が得意気に尋ねた。

「知らんばい」

賢司が博多弁で答えた。

「享保《きょうほう》の飢饉《ききん》のとき、飢えで苦しんでる人たちば救うために博多湾のエゴノリを煮て食料にしたそうなんよ。それで人々を救ったことから、救人《きゅうと》という名前が付けられたそうげな」

「留吉、説明はよかけん、早う食べてもらいんしゃい」

留吉と欽ちゃんに勧められ、賢司は小鉢を手に取り、おきゅうとを一口食べてみた。ひんやりとしてつるつるした舌触り、そして潮《しお》の香りが、数十年前の夕食の光景を思い出させた。

神戸に住んでいた頃は、夕餉《ゆうげ》の食卓に母は必ず三種類か四種類の手の込んだおかずを用意してくれていた。だが父が死に、福岡に引っ越してからは生活が一変した。貧しさは夕食のおかずに反映された。牛肉や豚肉が食卓から姿を消し、売れ残った魚の料理が一品だけという日が続いた。贅沢な生活に慣れていた弟の康人は、魚料理になじめず日々痩《や》せ細《ほそ》っていった。

そんなとき、窮地《きゅうち》を救ってくれたのがおきゅうとだった。おきゅうとが一品増えただけで、康人の食欲が増した。

「母ちゃん、頑張って神戸の家より大きな家ば建てちゃるけんね」

母は二人の子供のために頑張りすぎるほど頑張っていた。夕食の準備もままならない母にとって、おきゅうとは救いの食材だった。

救人という字が示すように、母と康人をおきゅうとが救ったと言っても過言ではなかった。

長谷川玉樹を見て奈々が叫んだように、賢司も驚きを隠せずにいた。

(長谷川さんだ!)

一目見て、大学在学中に同じ学生寮に住んでいた一つ年上の先輩に違いないと思った。

賢司が東大に入学し新しい年を迎えた直後、安田講堂を学生が占拠《せんきょ》する事件が起きた。当時、全学連の幹部だった長谷川は大学の外でビラを配ったり、スクラムを組んで機動隊の大学への侵入を阻止《そし》したりして、講堂内に立て籠もる同胞を支援していた。

賢司は長谷川の求めに応じて、全学連の一員として運動に参加した。

福岡から上京して一年もたっていない地方出身の賢司には、長谷川たちが主張していることが正しいのかどうか、よく分かってはいなかった。ただ、頭のいい長谷川から得られる知識は多く、彼に従っていれば間違いないような気がしていた。

長谷川は数回警察に逮捕されたが、いつも賢司をかばい、捕まりそうになると逃げるように指示してくれた。

安田講堂事件が終結すると学生運動はさらに過激化し、暴力事件が度重なって起きるようになった。頭にはヘルメット、顔は手ぬぐいで覆い、角材を手にして運動を続けたが、暴力が嫌いだった賢司はどうしてもなじめず、悩んだ末に長谷川に相談をした。

「薄野君、君の言うとおりだ。暴力は暴力を生むだけで、何の解決にもならない。君は全学連に入ったといってもまだ日が浅い。君が一人抜けたとしても、今なら誰も気にしないだろう。抜けるなら今が絶好のチャンスだよ」

暴力が嫌いなのは長谷川も同じで、抜けるに抜けられない立場を彼は悔やんでいた。

それから七カ月後、母の葬式を終えた賢司が大学に戻ってみると、寮に長谷川の姿はなかった。

「敵対するグループに、バールで後頭部を殴《なぐ》られて命を落としたって噂《うわさ》だよ」

同室だった寮生が、悲しそうな顔もしないで教えてくれた。

死んだものだと思っていた長谷川先輩がテレビに出ている。賢司は何度も何度も確かめるように、画面に目を凝《こ》らした。

「日本一の占い師に選ばれた長谷川玉樹さんですが、今日は占いをするのではなく、何十年ものキャリアを持つ占い師という立場から、〝生命《いのち》〟というテーマについて語っていただきます」

アナウンサーが説明を終えると、玉樹はゆっくりとステージの中央に進んだ。センターに位置していたカメラが玉樹の顔をズームアップにしていく。

「最初に断っておきますが、私は決して日本一の占い師ではありません。ただ誇れるとしたら四十年近く占い一筋で生きてきたことです。

テレビの出演を打診されたとき、私は断るつもりでいました。そもそも占いとは、占い師と相談者が一対一で行うもので、他人に見せたり見られたりするものではないからです。そういう理由で、今日は誰も占うつもりはありません」

玉樹の話を聞いて、スタジオに見学に来ていた人たちの間からざわめきが起こった。

「占いをする気がないのに、なぜカメラの前に顔をさらしているのかという理由を説明します」

客席の反応など気にする様子もなく、玉樹は淡々と話し続けた。

「この場を借りて私が言いたいのは、生命の尊さについてです。悩みを抱いて私のところに来る相談者の多くが、簡単に死を口にします。

『これ以上生きていても何もいいことがない。ただ苦しいだけだ』とか『自分は生きている価値のない人間だ。もう他人に迷惑をかけたくない』とか、悲観的な話を耳にすることが増えてきています。でも彼らにはまだ救いようがあります。なぜなら私のところに相談に来たということは、まだ生きたいと願う彼らの意思を感じるからです。

占いとは、当たるも八卦《はっけ》当たらぬも八卦と言われるほど当てにならないものです。そんな不確かなものに、彼らは最後の望みを託そうとするのです。誰かに悩みを聞いてもらいたい、できるなら死を避けたいと思って占い師に相談するのでしょう。

占い師は占いだけをしていればいいと思っている方も多いはずです。でも私の一言が相談者の救いになるのなら、私は進んで占い師という枠《わく》の外に飛び出すつもりです」

先ほどのざわめきが嘘のように静まりかえり、観客もテレビ局のスタッフも、誰もが玉樹の言葉に耳を傾けた。

「個人の力には限界があります。私はテレビという全国放送のメディアの力を借りて訴えたい。自分の手で自分に終止符を打ってはいけないと。

この世に生を受け、今生きているということには何かしら意味があるはずです。生命のバトンが受け継がれてきたから、あなたが生きているのです。飢餓《きが》に見舞われたとき、天災に遭遇《そうぐう》したとき、戦乱に巻き込まれたとき、あなたたちの祖先は必死になって生命のバトンを守り続けたのです。

そんな大事なバトンの受け渡しを、あなたの代でストップさせてもいいのでしょうか？

生きるというのは辛いものです。この世は難行苦行の場だと仏は説いています。逃げてはいけません。あなたが手にしている生命のバトンは、未来への架《か》け橋であり、希望なんです。私は強く訴えたい。君、死にたもうことなかれと」

玉樹が一息入れると、収録中だというのにフロアーADの女の子が、我を忘れて思わず拍手をしてしまった。やがて一人また一人と拍手の輪は広がっていき、スタジオ内は騒然となった。

玉樹が警鐘《けいしょう》を鳴らしたように、ここ十数年、全国の自殺者の数は三万人を超え、それ以前に比べると一万人以上も増えている。男女間の不和、学校でのいじめ、健康に対する不安、経済的な問題など自殺の原因は様々である。交通事故の死亡者が年間五千人弱と減ってきているのを考えると、自殺者の増加は早急に解決しなければならない問題だといえるだろう。

（君、死にたもうことなかれか……）

ディレクターの瀬尾は、コマーシャルの間中、ずっと玉樹の言葉を噛《か》み締《し》めていた。果たして今回の特番が成功したのかどうかは分からなかった。水曜日のゴールデンタイムに放送する比較的内容が軽いバラエティー番組の中で、今回取り扱ったテーマはお茶の間の視聴者には重すぎるような気がした。

おそらく社内での評価も真っ二つに分かれることが予想できた。

(今から心配していてもしょうがない。明日になれば結果が出るのだから)

個人的にはいい仕事に携《たずさ》われたと思っていた。コマーシャルが終わり、再び玉樹の顔をカメラが捉えると、瀬尾は充実した面持《おもも》ちでゆっくりとヘッドフォンを掛け直した。

「賢司さん、何を驚いているの?」

テレビを見ている賢司の表情が、いつもと違うのに奈々は気づいていた。

「私にとっても、この人は命の恩人なんだ」

あのまま学生運動を続けていたら、遅かれ早かれ過激派によって血の粛清《しゅくせい》を受けていただろう。現に当時一緒に活動していた同胞が何人も命を落としている。

「この人のお陰で、学生運動から遠ざかることができたんだよ」

賢司には、自殺を案じる玉樹の気持ちが痛いほど分かった。志《こころざし》半ばにしてこの世を去っていった二十代の若者たち。無念だったに違いない。彼らの無念さが分かるだけに、玉樹も賢司も、自ら命を絶《た》とうとする人たちの気持ちが残念で仕方なかった。

（君、死にたもうことなかれ）

賢司も同じ言葉を呟いていた。

青山とマネージャーが楽屋から出ていくと、真湖は衣装を着替え、帰り支度を始めた。

「真湖さん、会わせたい人がいるので少し時間を頂けるでしょうか？」

ノックの音に続いて、ディレクターの瀬尾の声が聞こえてきた。

「お疲れさまでした。ちょうど私もご挨拶に伺おうと思っていたところでした」

ドアを開けると、瀬尾と玉樹の二人が入ってきた。

「玉樹先生が、どうしてもあなたに話したいことがあるとおっしゃっているもので」

帰りを急いでいるそぶりの真湖を見て、申し訳なさそうに瀬尾が言った。

「構いませんけど、話ってなんですか？」

目の前に立っている相手が大先輩の占い師であっても、真湖はいつもと変わらぬ横《おう》柄《へい》な態度をとった。

「真湖さん……」

瀬尾は真湖の先輩を先輩とも思わぬ態度に少し慌ててしまったが、玉樹はおかしさを嚙み殺すような顔をした。

「占いとは『裏ない』と書き換えることができるよね。君を見ていると、天衣無縫《てんいむほう》という言葉が浮かんでくる。わざとらしさや飾り気がなく自由奔放《ほんぽう》に振る舞っている君の姿は、正《まさ》に裏がない。長年占いをやりたくさんの弟子を育ててきたけれど、君のように自分に正直に生きている人間は初めてだ。

君なら立派な占い師になれるだろう。そこで相談なんだが、しばらくの間、私のところで修業してみないかね。手相や四柱推命《しちゅうすいめい》などタロット以外の占いを覚えておいても損はないよ」

玉樹は生まれて初めて自分のほうから弟子を望んだ。真湖の裏表のない性格、神秘的な美しさ、生まれ持った霊的能力、すべてを兼ね備えた彼女こそ、自分の後継者だと直感した。

「少し考えてから返事をします」

真湖は即答を避け、玉樹の顔をまじまじと見つめた。

「東京に出てきたついでに、一週間ほど渋谷で街占をやっていこうと思っている。その気になったら訪ねてきなさい」

真湖なら占いという枠を越えて、悩める人々の救世主になる素養があると玉樹は思った。

玉樹と瀬尾が楽屋を出ていき、一人だけになった真湖は、真剣な表情で今の話を考えていた。

悪い話ではなかったが、喫茶「愛上男《あいうえお》」でのタロット占いも、相変わらず行列が絶えないほど順調である。このまま勢いにまかせて、タロット一本でやっていったほうが得策のような気がした。

だが一方で、ジェシカ婆さんと過ごした楽しい日々が思い出された。玉樹にはジェシカ婆さんと同じ匂いを感じた。それは道を極めた人物だけが醸《かも》し出す独特の雰囲気だった。

「あれ、もうこんな時間！」

時計を見て、真湖は驚いた。青山が出ていってから一時間以上経過していた。さっき登録したばかりの青山の携帯に、少し遅れると電話しなければと思った。真湖は携帯をバッグから取り出し、青山の番号にかけようとした。だが、途中で真湖の指が止まった。

(フランス料理ぐらいで、ホイホイついていくような、そこらへんの女の子とは違うわよ)

真湖は、レストランで待ちぼうけをくっている青山のことを想像してみた。

(間の抜けた顔をして、いい気味だわ)

少し意地悪な考えが真湖を支配した。


翌日、「愛上男」に顔を出すと、叔母の美津江が上機嫌で真湖を待ちかねていた。

「昨日のテレビものすごく良かったわよ」

美津江がテレビを見て感じたことを次から次へと話しだした。

「真湖ちゃん、あんたも良かったけど、長谷川玉樹って人もすごかったわね」

どうやら美津江も、玉樹の話に感銘を受けた一人のようだった。

「そんなことより、児玉さんとはその後どうなの？」

真湖の問いかけに、美津江は頰を紅潮《こうちょう》させた。

「叔母さんのその顔だと、うまくいってるみたいね」

詳《くわ》しい話を聞こうと真湖が美津江ににじり寄っていった。

「あと一押しかな」

結婚が近そうなことを、美津江が匂わせた。

「そう、それで安心したわ。実は叔母さんに相談したいことがあるの」

真湖が一変して真剣な眼差《まなざ》しになった。

「急に真面目そうな顔をしちゃって、どうしたのよ」

「あのね、昨日の占い師の玉樹さんから弟子にならないかって誘われているの。それでどうしたらいいか迷っているのよ」

「愛上男」でタロット占いをしている以上、真湖一人で決められるような問題ではないと思っていた。

「真湖ちゃんの好きなようにすればいいんじゃないかな。お客さんもたくさん来るようになっただけにもったいない気もするけど、真湖ちゃんがもう一つ大きくなるために弟子入りが必要だったら、私は反対しないから」

商売熱心な美津江には反対されると思っていただけに、意外だった。

「弟子入りしたら、叔母さん困るんじゃない？」

心配になって真湖が尋ねた。

「私なら大丈夫よ。真湖ちゃんが占いをする前に戻ったと思えば何でもないわ。それに、もし私が結婚したらいつまでも店を続けていくわけにはいかないでしょ」

美津江は、老後は田舎《いなか》で暮らしたいとずっと思っていた。

「真湖ちゃん、私の夢は海の見える丘に小さな家を建てて、野菜や花を育てながらのんびり余生《よせい》を楽しむことなの。この前のデートのとき児玉さんに話したら、自分も同じ考えだって言われたの」

美津江が嬉しそうな顔をした。

「本当に私がいなくなっても大丈夫なのね」

真湖はそれでも心配で何度も念を押した。

「あら、もう並び始めてる」

開店まで一時間近くもあるのに、店の外にはすでに十数人の列ができていた。

「すぐに辞めるのは難しそうね。今日並んでくれたお客さん全員の占いが終わってから、弟子入りを頼みに渋谷に行ってみる」

テレビの影響力は想像以上で、美津江が用意した整理券では枚数が足りず、真湖はこの日集まった人数の占いをすべて消化するのに三日もかかった。

最後の客の占いが終わったとき、大村琴重《ことえ》と同僚の加藤智美が花束を抱えて待ち受けていた。

「真湖さん、お疲れさまでした」

琴重と智美、二人の目は涙で曇っていた。

「湿っぽくならないでよ、今日が最後ってわけじゃないんだから」

花束を受け取りながら真湖もうっすら涙を浮かべていた。

「真湖さんのおかげで彼氏もできたし、交際も順調にいっています」

琴重が半べそのまま笑った。

「よかったわね。でも、そんなに泣いたらせっかくの化粧が台無しじゃない」

真湖はハンカチを取り出し、琴重の涙をそっと拭いてやった。

「真湖さんの忠告どおり、定職に就《つ》いてないほうの男性を選びました。最近、何を思ったのか真面目に働きだして、貯金もするようになったんです」

化粧を変えてより一層可愛くなった智美が幸せそうな笑顔を見せた。

真湖の「愛上男」での仕事が終わった。明日からは玉樹の弟子となり、人気だけではなく真の実力を身に付けるため、努力しなければならない。

（真湖ちゃん、頑張るのよ）

天国に旅立ったジェシカ婆さんの顔が浮かんできた。

（あなたなら、きっと頑張れるはずよ）

いつもと同じ優しい顔で、ジェシカ婆さんが微笑んでくれた。

玉樹が熱弁をふるっているテレビの画面を、のぞき魔も見ていた。

「あなたと付き合っていたことが、私の人生の中で一番の汚点よ」と、昔の彼女である真湖には言われ、付き合っていた真由美には横浜のデート以来、口もきいてもらえない状態だった。

「君、死にたもうことなかれか。こっちは死にたい気分だよ」

のぞき魔はビールを飲みながら、うまくいかない人生を呪《のろ》っていた。

(明日、もう一度謝ってみよう)

真湖は駄目だとしても、真由美との仲は修復できそうな気がする。真由美からは無視され続けているが、何が原因か分からないし、彼女から決定的な言葉を聞かされてもいない。

彼女のいない寂しさに耐えるのは、もう限界だった。

真由美に話しかけると決めたとき、テレビの中で玉樹が言った。

「天上天下唯我独尊《てんじょうてんげゆいがどくそん》という仏の言葉があります。宇宙の中で自分より尊いものはないという意味です。

考えてみてください。あなたがいなければ、あなたの周りの世界は存在しないのです。あなたが見て、あなたが聞いて、あなたが感じるからこそ、周りの世界があるのです。もしあなたが死ぬようなことがあったら、周りの世界も消えてしまうでしょう。あなたがつくる世界の中では、あなたが一番偉いのです。

自分を愛しなさい。自分を愛せるようになったら、他人を愛しなさい。そうすれば死のうなんて馬鹿な気持ちは起こさないでしょう。それでもどうしても死にたくなったら、お墓参りをしなさい。あなたにバトンを託したあなたの祖先たちがきっと守ってくれるでしょう」

玉樹の話が終わった。

「愛、やっぱり愛がすべてなんだ。俺は愛に生きるぞ」

玉樹の話に後押しされ、のぞき魔はもう一度真由美にアタックする意思を固めた。

翌日の休憩時間、のぞき魔は地下の食品売り場に下りていき、物陰から真由美の様子をうかがった。待つこと十数分、真由美の前に並んでいた客が途絶えた。

のぞき魔は急いで彼女の前に移動した。

「これください」

うつむいていたため、真由美は客がのぞき魔だとは気づかなかった。

「あっ！」

不意をつかれて、真由美が思わず声を出した。

「あのう……」

のぞき魔が照れ笑いをしながら話しかけようとした。

「六百五十円です」

のぞき魔の言葉を遮って、真由美は他人行儀《たにんぎょうぎ》な態度を装った。

「話したいことがあるんだ。時間を作ってくれないかな？」

お釣《つ》りを受け取りながら真剣な顔でのぞき魔が頼んだが、真由美からの返事はもらえなかった。

「屋上で待ってるから」

そう言い残すと、のぞき魔は振り向きもせずに真由美の前から去っていった。

屋上に着いたのぞき魔はベンチに座り、真由美が来るのを待った。

（来てくれるかな？）

時計を見た。休憩時間はもうとっくに過ぎている。仕事場に戻れば確実に上司の大目玉が待っている。でも、そんなことはのぞき魔にとって、それほど大きな問題ではなかった。

(俺は愛に生きるんだ)

Mデパートに入社した目的そのものが、可愛い女の子と知り合うためだった。

(上司が怖くて、愛を諦めるほど俺は柔《やわ》な人間じゃないぞ)

怒られることには、学生時代から慣れていた。

のぞき魔はもう一度時計を見た。もう一時間以上待っていることになる。

(やっぱり駄目か……)

女の子に振られるのには慣れている。また新しい相手を見つけるしかない。のぞき魔がそう思った矢先、真由美が不機嫌そうな顔をして屋上に姿を見せた。

「話って何よ」

両手を腰にあて、真由美が面倒臭そうに尋ねてきた。

「ずっと何を怒ってるのか分からなくて、その理由が聞きたかったんだ」

「そんなことも分からないの？　本当にあなたって、おめでたい人ね」

「ごめん、何がいけなかったのか教えてよ」

頭をかきながら、のぞき魔が理由を尋ねた。

「それじゃあ教えてあげる。私とデートをしているのに、他の女の子ばっかり見ているからよ」

話しながら、真由美は横浜のデートのときのことを思い出し、さらに怒りが込み上げてきた。

「別に悪気があって他の女の子を見ていたわけじゃないんだ。ずっと女の子にモテたことがなかったから、ついつい見るのが癖《くせ》になっちゃったんだ」

理由が分かって、のぞき魔はほっとした。

「癖だったら直してよ。そうじゃなきゃ、もう一緒にいたくないわ」

「分かったよ。絶対に他の女の子のことは見ないから」

「約束できる？」

「約束する」

自信はなかったが、約束して真由美のご機嫌をとるしかなかった。

「すぐには信用できないわね」

疑《うたぐ》り深そうに、真由美がのぞき魔を凝視《ぎょうし》した。

「信用してよ。今日から僕は嵐の中で漂流している船になるから」

のぞき魔が訳の分からないことを口走った。

「何よ、それ」

どうせ下らないことを言っているのに違いないと思い、真由美は冷たくあしらった。

「難破船のことだよ。僕はもう金輪際《こんりんざい》ナンパせんってね」

のぞき魔は反省どころか、完全に調子に乗っていた。

「こんなときに、よくそんなつまらないことが言えるわね。本当に馬鹿みたい。やっぱり付き合うのはやめにする」

踵《きびす》を返して、真由美が去ろうとした。

「ちょっと待ってよ。何でも言うことを聞くから、もう一度考え直してよ」

「それじゃあ、一回だけチャンスをあげるわ。そのかわり、絶対に私の言うことを聞くのよ」

真由美は懇願《こんがん》するのぞき魔に何か仕返しをしようと思っていた。

翌週、二人の休日が重なる日に、渋谷のハチ公前で待ち合わせてデートすることになった。

真由美は約束の時間には着いていたのだが、人込みに紛《まぎ》れてのぞき魔をじっくりと観察していた。約束の時間になっても現れない真由美を待ちわびて、のぞき魔は何度も時計に目をやっては、ため息をついている。

(いい気味だわ)

真由美は胸のすく思いがした。

(もうそろそろ許してあげようかしら)

しばらく様子を見ているうちに、段々のぞき魔が可哀想になってきた。真由美は人込みの中から抜け出て、のぞき魔の前に出ていこうとした。まさにその瞬間、彼女の神経を逆撫《さかな》でするような行動をのぞき魔がした。真由美を待っているのに飽きたのか、のぞき魔は道行く女の子を次から次と目で追い始めたのだ。

(やっぱり駄目な男ね)

真由美は怒ってそのまま帰ろうとした。だが、何を思ったのか駅とは反対方向に歩きだし、大型電気店の前で立ち止まった。

(オーディオ商品は三階だわ)

真由美はエスカレーターに乗って三階まで行くと、黒いヘッドフォンを手に取った。

「これ、お願いします」

レジでお金を払い終わると、真由美は急に嬉しそうな顔をした。

「ごめん、待った？」

のぞき魔の前に小走りで駆け寄ると、真由美は申し訳なさそうな顔をして謝った。

「ひどいよ、一時間以上も待ってたんだぞ」

のぞき魔が、少しだけ不機嫌そうな態度をとった。

「昨日遅かったから、朝寝坊をしちゃったの。今日の約束は、私の言うことは何でも聞くってことだったでしょ。それだったら、そんなに怒らないでよ」

真由美がそう言うと、のぞき魔は急に大人しくなった。

「どこに行こうか？」

のぞき魔が尋ねた。

「映画を見に行きましょうよ。でも、その前にこのヘッドフォンをつけてくれる？」

「なんでなの？」

のぞき魔が不思議そうな顔をした。

「文句は言わないで。私の言うことは何でも聞く約束でしょ」

真由美に言われるがまま、のぞき魔はヘッドフォンを受け取り、頭につけようとした。

「違うわよ。こういうふうにしてつけてほしいの」

真由美は、ヘッドフォンの耳に当てる部分が目の両脇にくるようにかけ直させた。まるで競走馬が、脇見をして興奮するのを防ぐための馬具をつけているようだった。

「こんな格好《かっこう》をして歩いていたら、みっともないよ」

のぞき魔が、情けない顔をした。

「これをつけていたら、他の女の子を見ることもないでしょ」

真由美はこの日一日、のぞき魔をずっとそのままの格好で連れ回した。

第四クォーター　登竜門

bjリーグ二〇一一―二〇一二のシーズンは、五月二十日のプレイオフファイナルをもって幕を閉じた。会場となった有明コロシアムには一万人近くの観衆が詰めかけ、彼らの見守る中、琉球ゴールデンキングスが八十九対七十三で浜松・東三河フェニックスを破り、三年ぶりのチャンピオンに返り咲いた。キングスのブースター（応援団）が感激の涙を流す中、桶谷大《おけたにだい》ヘッドコーチのインタビューに続き、MVPに輝いたアンソニー・マクヘンリーの表彰式がコート上で行われていた。

（無事に終わってよかった）

bjリーグ、アカデミーGMの東英樹《ひがしひでき》は、ほっとして胸を撫でおろした。だが喜んでばかりはいられなかった。すぐ来シーズンの準備を始めなければならない。十日後には、大阪で合同トライアウトの一次選考会があり、六月二日には仙台で、六月四日には東京でと休んでいる暇がないくらい多忙になる。

トライアウトの運営を一任されている以上、東には、すべての会場に出向いて有望な新人を発掘《はっくつ》するという大事な責務があった。大学や高校で名を成した選手たちの多くがＪＢＬに流れていってしまうという状況のなか、トライアウトに参加してくれた若者たちの中から、将来のbjリーグを背負って立つようなダイヤモンドの原石を探さなければならない。

来季は東京と群馬に新しいチームが誕生し、十九チームから二十一チームになる。様々な問題を抱えてはいるが、bjリーグは地域と密着しながら着実に底辺を広げつつあった。


合同トライアウトの一次選考会は大阪、仙台で実施されたあと、有明スポーツセンターの七階にある体育館において、関東近辺に在住する若者たちを対象に審査が行われた。

午前の部にエントリーしている多くの参加者の中には、当然、加賀屋涼《かがやりょう》の姿も見受けられた。

有明スポーツセンターは加賀屋にとって、ミニバスの鈴木正三杯決勝のときに戦ったことのある、懐かしい思い出の場所だった。決勝で敗れはしたが、そのときの悔しさが中学、高校とバスケット一筋で頑張る原動力になっていた。

十時半から始まる選考会に向けて、加賀屋はウォームアップに余念がなかった。

「君、どんなことをやるか知ってる？」

隣で同じく柔軟体操をしている青年が不安そうな顔で尋ねてきた。

「さあ、分かりません」

加賀屋も何を審査されるのか皆目見当がつかなかった。

「そう。君が落ち着いているから、てっきり何回か経験したことがあるのかなと思って」

「いや、初めてです。今年、高校を卒業したばかりなんで」

顔には出ていなかったが、不安なのは加賀屋も一緒で、話し相手ができたことは緊張を緩和《かんわ》するのには好都合だった。

「へえー、僕より年上かと思ったよ。僕の名は吉岡良平、よろしく」

吉岡は二十五歳で加賀屋よりも七つも年上だった。彼は大学を中退後、地元のクラブチームでバスケットをしていたのだが、ある日雑誌でホノルルフェスティバルの記事を読み、ハワイまで行ってバスケットの試合に参加しようと思った。日本でアルバイトをしながら資金を何とか工面すると、吉岡はすぐにホノルルに向けて旅立った。

それほどレベルの高い試合ではなかったが、一週間の滞在で分かったことがあった。それは今の自分の実力では外国人を相手に戦うだけの体力はないということだった。彼は決意した。アメリカの大学に留学して、外国人の力強さを自分の肌で直《じか》に体験しようと。

最初、ロサンゼルスのカレッジに入学したのだが日本人が多すぎて、もう一つの目的である英語の勉強も思ったほど進まなかった。悩んだ末、彼は日本人が誰もいないセントルイスのカレッジに転入した。

英語も上達し、バスケットもこれからというときに、吉岡は靭帯《じんたい》を損傷《そんしょう》し一年を棒に振った。日本に戻ってきてリハビリを続けながら、やっとバスケットができる状態まで快復した。

自分の好きなことがそのまま職業になるプロのプレイヤーを目指すのは、学生時代に目立った実績のない彼にとって、無謀《むぼう》な挑戦だったかもしれない。だが、夢を夢のままで終わらせたくはなかった。やれるだけやってみて、駄目ならそのときに考えればいい。

吉岡はそんな思いを抱いて、トライアウトに参加した。

「加賀屋涼です。二人とも合格できればいいですね」

佐藤準の所属する新潟アルビレックスBBの首脳陣からは、ドラフトで一位指名するという心強い言葉をもらっていたが、不安な気持ちは吉岡と変わらなかった。


「集合！」

コート三面に散らばっていた受験者を、東はAコートに集め、審査する内容を説明し始めた。

「まず手始めに、シューティングスキルから審査していきます。対面パスをしたあと、フリースローラインからジャンプシュートをうってください。二分経過したらブザーを鳴らしますから、次は同じく二分間、右四十五度からシュートをし、最後は左四十五度から同じようにシュートを行ってください」

受験生の半分がAコートに、残りがBコートに分かれ、四カ所のリングに向かってシュートをうち始めた。

東は、まずAコートの受験生から審査することにした。シュートが成功するに越したことはないが、それよりもシュートフォームに重点を置いて観察した。東が採点表を手にして受験生に近寄ると、誰もが緊張して普段の実力の半分も出せずにいた。

最初に東の目に止まったのは加賀屋だった。ナンバーリング五十五番の備考欄には、去年のインターハイ優勝チームのキャプテンだということが書かれていた。非の打ち所がない理想的なフォームだった。明らかに他の受験生とはレベルが違う。東は採点表に書かれている五十五番の欄に二重丸をつけ、他にいい選手がいないかとBコートに移動した。

ジャンプシュートが終わると二分間の休憩を挟んだあと、スリーポイントシュートの正確さを競わせた。

東はBコートで数名のめぼしい選手に丸をつけたあと、Aコートに戻り加賀屋の一《いっ》挙手一投足《きょしゅいっとうそく》に注目した。

(うーん、上手い)

やはり五十五番は本物だった。フォームも変わらず綺麗だったし、シュートも確実にリングを捉えていた。東はスリーポイントシュートの欄に二つ目の二重丸を加えた。

「加賀屋君、君はすごいね」

二分間のインターバルの間、隣に座った吉岡が加賀屋のプレイをしきりに褒《ほ》め称《たた》えた。

「足は大丈夫ですか?」

膝《ひざ》にサポーターをしている吉岡を、加賀屋が気遣《きづか》った。

「僕のことなら心配いらないから。それより今の調子で頑張れば、君はきっと合格するよ」

吉岡は極度の緊張で思ったようなプレイができずにいたため、半ば自分の合格は諦めかけていた。

「オールコートでワン・オン・ワンをやってもらいます」

東が次の課題を発表した。個人の能力を知るには、バスケットの基本でもある一対一のせめぎ合いを見るのが一番である。

東は参加してくれた若者の中から、一人でも多くの合格者を出したいと思っていた。シューティングが上手くなかったとしても、瞬発力や走力やディフェンス力などに秀でている受験生がいるかもしれないと期待した。だが公平に見ているつもりでも、どうしても視線の先に加賀屋がいた。

ボールを手にした加賀屋は、ディフェンスをしている六十一番の若者を、最初の右へ行こうとするフェイクだけで、簡単に抜き去った。六十一番が決して下手なわけではなかった。備考の欄を見ると、全国クラブチーム選手権で優勝していたし、その年の優秀選手にも選ばれている。

加賀屋は水を得た魚のようにドリブルをしながらセンターラインまで疾走《しっそう》し、六十一番とは一メートル近くの差が生まれていた。センターラインのところで、加賀屋は六十一番が追いつくのを待ち、もう一度、一対一の勝負を仕掛けた。

今度はフェイクを使わずに、まともに勝負をしてみた。左のサイドラインに沿って走る加賀屋に対し、六十一番は中に入られないようにと内側からプレッシャーをかけてきた。だが力の差は歴然《れきぜん》としていた。六十一番は、審判がいないのをいいことに、加賀屋のナンバーリングの端を引っ張って、前に行かせまいとした。ナンバーリングを引っ張られた加賀屋がとった次の行動が素晴らしかった。加賀屋は華麗《かれい》なロールターンをしながら、左ひじで六十一番の手を払いのけると、完全にフリーになった状態でランニングシュートを決めた。

(格が違うな)

東はその一部始終を見ていた。オフェンスに関しては十分プロでやっていく技量を身につけているように思えた。

攻守が代わり、加賀屋がディフェンスをする番になった。

(さて、どうだろう)

オフェンス能力は優れていても、ディフェンスが苦手な選手を東は数多く知っている。

地味な努力を必要とするディフェンスの練習よりも、見た目が派手なオフェンスの練習のほうがやっていて楽しい。エースと呼ばれるスター選手に多く見られる傾向と言っていいだろう。

六十一番が数回フェイクをして、加賀屋を先に動かそうとしたが、彼の足は微動だにせず、かかとを宙に浮かせて次の動作に備えていた。

しびれを切らした六十一番が、ついに右に動いた。次にどう動くのか分かっていたような速さで、加賀屋が六十一番の正面に立ち塞がった。彼は方向を変えて左に突破口を求めようとしたが、加賀屋が先回りをしていて容易に前に進むことができない。そうこうしているうちに、一瞬の隙をつかれて、六十一番は何もできないままボールを奪われてしまった。

加賀屋のディフェンスに関する能力も申し分ないものだった。

東は満足そうな顔をすると、Bコートにいる数名のプレイヤーを観察し始めた。シューティングでは丸をつけた若者のうち、やはり二名のプレイヤーがディフェンスが苦手だった。東の採点表で可能性のある受験生は五人といなかった。

「どうしてJBLじゃなくて、bjリーグを選んだの？」

吉岡が休憩中の加賀屋に尋ねた。

「たくさんの外国人と戦ってみたかったからかなあ」

bjリーグはJBLのルールとは異なり、コート内に三人の外国人が同時に入ることができる。将来、NBAで戦いたいと思っている加賀屋には、うってつけの環境だと思えた。

「へえー、そんなこと考えてんだ」

ワン・オン・ワンで納得のいくプレイができた吉岡は、少しばかり元気な表情になっていた。

「吉岡さんは、どうしてbjリーグを選んだのですか？」

関心はなかったが、加賀屋は一応尋ねてみた。

「将来はバスケットボールに携わる裏方の仕事をやってみたいと思っているんだ。地域に密着したbjリーグの経営方針にも興味があるし、英語力を生かして外国人の通訳兼マネージャーもやってみたいしね」

吉岡はプロになるというよりは、その先の人生を考えているようだった。

二分間のインターバルが終わると、東は全員を集めて八つのチームに分けた。

「これから八分間のゲームをしてもらいます。あくまでも個々の技能を見るためですから、勝敗は関係ありません。怪我が一番怖いので、くれぐれも危険なプレイは避けてください」

総合的な力を審査するには、実戦を見るのが一番だった。ガードはガードの、フォワードはフォワードの役割を十分に理解できているのか、技術だけではなく試合の展開を読める頭の良さこそ最も重要なポイントだと東は考えていた。

加賀屋のチームは、誰一人としてまともな選手はいなかった。自分が目立つことだけを考えていて、チームプレイをしようという考えなど微塵《みじん》も持ち合わせていなかった。

ディフェンスが前にいるのに、大きな声でボールを要求したり、無理だと分かっていながら強引にカットインしたり、むやみやたらにスリーポイントシュートをうったりと、勝敗は関係ないと言われたにしても、あまりにもひどい身勝手さだった。

結局三回試合をしたのだが、一度も勝つことはできなかったし、加賀屋がボールに触れたのも数えるほどしかなかった。いくら即席のチームだからといっても、もう少しまともな戦い方ができるはずだと、加賀屋は怒りを通り越して呆れ果てていた。

「結果を発表する前に、今日、私が感じたことを話したいと思います。トライアウトに多数参加してくれたことは大変ありがたく思っていますが、実際のところ皆さんのレベルがあまりにも低すぎるというのが私の正直な感想です。一次選考会だというのに、わざわざ地方からプロのヘッドコーチの方も数名見に来られていました。貴重な時間を割いていただいたにもかかわらず、この内容では申し訳ない気持ちでいっぱいです。

今から合格者を発表しますが、合格者は六月十一日の最終選考会でチーム関係者の目に留まるように練習に励んでおいてください。不合格者は、これで終わったわけではありませんから諦めずに頑張ってください。七月から八月にかけてチームトライアウトもあります。今日駄目だった人は、何がいけなかったのかを考えて次のチャンスにかけてみてください」

東は一息つくと、集合している六十名近くの受験生に結果を発表した。

「合格者は、三十二番、四十八番、五十五番、六十七番の四人です」

自分の番号が呼ばれて、加賀屋はやっと肩の力を抜くことができた。

「加賀屋君、やっぱり合格したね」

吉岡が隣にやってきて、自分のことのように喜んでくれた。

「吉岡さんは、これからどうするんですか？」

膝の古傷が痛むらしく、吉岡は半月板の上をアイシングし始めた。

「横浜ビー・コルセアーズのチームトライアウトを受けるつもりでいるんだ。そこも駄目だったら選手を諦めて、バスケットに関係する仕事に就くしかないかな」

吉岡のバスケットに対する情熱は、加賀屋に勝るとも劣らなかった。

「チームトライアウト、頑張ってください」

左膝のアイシングを続けている吉岡に、加賀屋は心の底から頑張ってほしいと願った。

「ありがとう、君も頑張って絶対にプロになるんだよ」

吉岡が右手を差し伸べて、加賀屋に握手《あくしゅ》を求めた。

Aコートからは加賀屋を、Bコートからは三人の受験生を合格にしたものの、東は残念でならなかった。本音を言うと、もう少し合格者が出てほしかった。

(昼の部に期待するしかないか)

そんなふうに考えていた東の目に、加賀屋と吉岡の二人が会場をすぐには去らずに話し合っている姿が飛び込んできた。今までに何の接点もなかったに違いない二人が、仲良く話しているのは、不思議だった。備考の欄を見ても、加賀屋は多摩地区の高校を卒業したばかりだし、吉岡はアメリカに留学したあと、横浜のクラブチームに所属していると書かれていた。

「君たちは、知り合いなの？」

気になった東は、二人のそばまで行って尋ねてみた。

「いえ、今日、初めて会いました」

東に声をかけられ、吉岡が緊張した面持ちで答えた。

「そうなんだ、仲良さそうに話しているから、てっきり知り合いなのかと思って」

「彼がすごく上手いんで、頑張るようにと声をかけたんです」

「確かに高校生として見たら、抜群《ばつぐん》のセンスだね」

東は新潟アルビレックスBBのアシスタントコーチから、前もって加賀屋の名前は聞いて知っていた。そして実際に彼のプレイを見て、想像していた以上の完成度に驚いていた。素質は十分にあったし、将来性も申し分ない。だが、最終選考会で審査をするのは、東ではなく二十一チームの球団関係者である。彼らの目に留まり、ドラフト会議で指名されるのはほんの一握《ひとにぎ》りの選手に限られている。

「加賀屋君、六月十一日の最終選考会は心して臨《のぞ》まないと厳しいものになるよ。仙台、大阪での合格者の中には、元JBLの選手や、インカレで活躍した選手など相当な猛《も》者《さ》が数多くいるからね」

　プロのチームから声がかかっていても、ドラフト会議で指名されないことは多々あった。選手全員の年俸が制限されているため、どのチームも必要以上の選手を指名することはできないのが実状である。個人的には、スター性のある加賀屋をbjリーグの一員として迎えたいのだが、チーム事情でどうなるかは分からなかった。

「はい、ありがとうございます」

　自分のことを気にかけてくれた東に対し、加賀屋は深々と頭を下げた。


　有明からの帰り道、加賀屋は一次選考に合格したことを陽一にメールで知らせた。

〈おめでとう。次も頑張って〉

　すぐに陽一からの返事が届いた。東の言葉や陽一からのメールを見ていると加賀屋は無性にバスケットがしたくなった。

（T校に寄って、少し練習してから家に帰ろう）

　家で心配して待っている妹、幸恵にも合格を知らせたあと、T校に寄って帰るからとメールを送信した。

　T校に着くとすぐに、加賀屋は音楽室にいる小山先生を訪ねた。

「陽一君から聞いたわよ。合格おめでとう！」

小山先生も結果を気にしていたらしく、どうして早く電話をしてくれなかったのかと小言を言うのも忘れなかった。

「後輩と一緒に練習していってもいいですか？」

「もちろん、いいわよ。相原君や影山君たちもきっと喜ぶと思うわ」

十二月のウインターカップには出場できなかったが、相原をキャプテンとする新チームは夏のインターハイ二連覇《れんぱ》を合言葉に、力のこもった練習をしていた。先輩の加賀屋が練習に参加してくれることは、部員たちにとって良い刺激になるし、最高のお手本になってくれるだろうと小山先生は思った。

「すぐに私も行くから、先に練習を始めていて」

練習よりゲームを見るのが大好きな小山先生は、レギュラー対準レギュラーの試合をこのとき頭に浮かべていた。

（今日のゲームは、一体なんだったんだろう？）

ほとんどボールに触れずに三連敗した試合内容が、加賀屋にフラストレーション（欲求不満）を抱かせていた。

懐かしいかけ声が聞こえてくる。体育館に向かう加賀屋の耳に、相原の号令とそれに呼応《こおう》する部員たちの力強いかけ声が聞こえてきた。

「ちわっす！　ちわっす！」

体育館に入ってきた加賀屋に気づき、全員が練習の手を休め挨拶をした。

「先輩、おめでとうございます！」

相原が練習を影山に任せて飛んできた。

「何だ、もう知ってたのか」

加賀屋は情報の速さに驚いた。

「いや、知らないけど、先輩が落ちるわけありませんから」

尊敬する加賀屋の実力なら、絶対に大丈夫だと相原は信じていた。

「六月十一日の最終選考に備えて、少し練習をさせてもらえるかな」

「どうぞ、好きなようにやってください。それより、トライアウトの様子を教えてくれませんか」

プロになる意思はなくても、相原には興味深いことだった。

「受験生全員がプロのレベルには達していないと怒られたよ」

「先輩もですか？」

「うん、ゲームになったら何もできなかったからなあ」

「プロってそんなにすごいんだ」

「ああ、今日合格したのもお情けみたいなもんだよ」

吉岡はすごく上手いと褒めてくれたが、加賀屋としては決して満足できるものではなかった。

「キャプテン、いつまで話をしているの。アップが終わったら試合をやるからね。加賀屋君も準備しておいて」

首からホイッスルをぶら下げて小山先生は誰よりも張り切っていた。


試合は、相原、影山、内田、町田、幡垣《はたがき》のレギュラーチームと、加賀屋率いる準レギュラーチームとの間で行われた。キャプテンの相原は、自分が以前より上手くなったのをアピールしたくて、加賀屋にマッチアップしてきた。

相原と対峙《たいじ》した加賀屋は、軽くフェイクを入れて左サイドを一気に駆け上がろうとした。それは、今朝の有明でワン・オン・ワンのときに使ったのと同じ手だった。フロントコートからプレッシャーをかけてくる相原は、そんな加賀屋の動きに惑《まど》わされることなく、ピッタリと歩調を合わせてついてきた。右に左にと方向を変えて振り切ろうとしたが、相原のディフェンスは完璧《かんぺき》で、八秒以内にセンターラインを超えるのは難しそうに思えた。

加賀屋はすぐに左サイドにいる二年生の後藤にパスを送った。後藤はボールを受け取るとインサイドに切れ込んでいき、待ち構えている幡垣の前で反転すると、右コーナーにいる岩隅に素早いボールを投げた。

絶妙のタイミングだった。後輩の後藤の攻撃にレギュラーチームの意識がインサイドに集中し、岩隅は完全にフリーの状態でスリーポイントシュートをうつことができた。宙に舞ったボールは惜しくもリングに嫌われ、リバウンドの奪い合いになった。走り込んできた加賀屋とリング下で大きく手を広げている幡垣の争いとなったが、わずかに幡垣の高さが勝った。

攻守が入れ替わり、今度は相原がボールを運び、加賀屋が彼をピッタリとマークした。相原の運びを阻止《そし》しながら、加賀屋は楽しい気分になり、午前中のフラストレーションが嘘のように解消されていった。レギュラーチームも準レギュラーチームもレベルの高いバスケットをしている。得点を入れようと、全員が組織だって動き、得点を入れさせまいと五人が一丸となってチームプレイに徹していた。

十分間の試合を二回行ったが、レギュラーチームが連勝した。

（いよいよ、陽一君に似てきたわね）

加賀屋のプレイを見ながら、小山先生は陽一がT校のバスケット部に入部した頃のことを思い出していた。練習試合をしても、陽一は十分な能力を持ちながら、決して自分からシュートをうとうとはしなかった。メガネやのぞき魔や俊介やチビを上手く使っていた。加賀屋も試合中、陽一同様一度もシュートはうたなかった。準レギュラーの二年生が簡単なランニングシュートを失敗しても、怒るどころか笑いながら励ましていた。

あれだけ自分勝手だった加賀屋の変わりように、小山先生は感動すら覚えた。

「加賀屋君、明日も練習に来てくれない？」

ゲームを終えて帰り支度《じたく》をしている加賀屋に小山先生が声をかけた。

「迷惑《めいわく》でなかったら、十日まで毎日来てもいいですか……」

「迷惑どころか、大歓迎よ」

加賀屋一人が試合に加わっただけで、レギュラーチームの意気込みが大きく変わったし、準レギュラーチームのやる気も倍増した。たとえ一週間だけでも、加賀屋が練習に参加してくれるのは、小山先生にとってもありがたい話だった。

加賀屋は最終選考会に照準を合わせて、T校で練習に励んだ。

十日の練習が終わったあと、T校バスケット部員が全員、加賀屋の前に整列した。

「加賀屋先輩、ファイト、オー、ファイト、オー、ファイト！」

相原のかけ声に合わせて、全員が加賀屋にエールを送ってくれた。

「ありがとう。皆、頑張ってくるから」

自分の練習に付き合ってくれた全員に加賀屋は礼を述べた。

「加賀屋君、普段の力を出せばきっと大丈夫だから」

去年の三年生は全員大学に合格し、新しい一歩を踏み出している。まだ進路が決まっていないのは加賀屋一人だけだった。それだけに加賀屋には夢を実現してもらいたいと、小山先生は強く願っていた。

プロの世界がどれだけ厳しいものかは分からない。けれども、選手を見る目だけは肥《こ》えていると思っていた。NBAで活躍しているトムや、実際bjリーグで戦っている佐藤準のプレイを何度も直に目にしてきた。そんな彼らを本気にさせた陽一に、加賀屋はますます似てきている。加賀屋が選ばれないわけがないと、小山先生はそう信じていた。

合同トライアウト最終選考会は、さいたま市記念総合体育館で行われた。一次選考で選ばれた三十八名と、bjリーグと所属チームによって推薦《すいせん》された選手たちの、合わせて六十名が会場に集まった。bjリーグチーム関係者に配布された参加者リストには、素晴らしい経歴の持ち主たちが多数その名を連ねていた。

最終選考も一次選考のときと同じように、シューティングスキルの審査から始まった。対面パスからジャンプシュートを三方向からうつのは全く一緒だったが、二分だった時間がそれぞれ三分に延長されていた。

Aコートとbコートの間にはスチール製の椅子が用意され、全国から集まってきたプロチームの関係者が、参加者リストを片手に陣取っていた。

緊張していないと言ったら嘘になる。加賀屋は彼らが見守る中、センターからシュートを放った。最初の一投が成功するのを見届けると、加賀屋は大きく息を吐いた。この日の結果で自分の人生が決まると思っていただけに、呼吸をするのも忘れるほどの緊張感だった。

二本、三本とシュートが決まり、加賀屋はやっと普段の自分を取り戻せたような気がした。ほとんどミスなくジャンプシュートを終えると、それほど得意とはいえないスリーポイントシュートの課題に挑んだ。ディフェンスが前にいないフリーの状態なら、最低でも半分以上は決めたかった。

センターから十本うったうちの七本が決まり、加賀屋はリズムを摑んだ。右サイドからは十本中八本、左サイドからも同じ数だけ決めることができた。ここまでは満足できる内容だった。

二分のインターバルのあと、東は選手全員をAコートに集め、八つのチームに分けた。

「今から八分間のゲームをやってもらいます。各チームそれぞれの役割を分担して、勝敗にこだわってください。bjリーグ二十一チームの関係者が君たちのプレイに期待しています。ここで問われるのは個人の能力だけではなく、試合中、自分たちのチームをどうやって勝利に導くかという選手間の連携《れんけい》も大きな採点《さいてん》の要素となります。一人でも多くの選手がドラフト会議で指名されることを願っています。bjリーグの未来は君たち若い力にかかっていると言ってもいいでしょう。持てる力をすべて出しきって悔いのないように頑張ってください」

東の話が終わるとすぐに、AコートとBコートで前半八分、後半八分の試合が始まった。

加賀屋たちのチームはBコートの第二試合だったので、コートサイドに七人が集まりフォワードとガードとセンターのポジションを誰にするかを話し合った。

ガードには四番のナンバーリングを付けている十七歳の専門学校二年生橋本拓哉《たくや》と、アメリカ人の父と日本人の母を持つ九十三番、澤地《さわち》サミュエル・ジュニアの二人が手を挙げた。センターはアメリカやドイツでプレイをした経験のある奥田が任された。加賀屋、宮城、小寺、吉村の四人がフォワードを希望し、前半と後半で交代して戦うことに決めた。

加賀屋たちの初戦の相手は、U－18、U－24日本代表で、JBLのチームに所属していた井上聡人《あきひと》と、同じくJBL二〇〇九―二〇一〇シーズンの優勝メンバーだった片岡大晴《まさはる》がいるチームだった。

前半の八分は加賀屋に出番はなく、小寺と吉村の二人がフォワードを務めた。

試合は二メートル一センチの長身を生かして井上聡人がジャンプボールを制し、相手チームの攻撃から始まった。井上がはじいたボールを手にした相手チームの片岡大晴は、十七歳の橋本拓哉を相手に華麗なボールさばきを見せ、井上がリング下の好位置をキープするまで時間を稼《かせ》いだ。

橋本も手をこまねいて見ているわけではなく、何度も片岡にプレッシャーをかけてボールを奪おうとした。だが、片岡のほうが一枚上で、常に橋本の手が届かないところで、巧みにボールを床についていた。

体勢が整った井上が大きく右手を上げると片岡は山なりの高いボールを送った。百八十八センチの奥田と、百八十六センチのサミュエルが井上へのパスを阻止しようとジャンプした。二人が伸ばした手の十センチほど上をボールは通過し、リングより上の高さでボールを手にした井上が、見事にアリウープを決めた。

チーム関係者の大半がAコートよりBコートに熱い視線を送っていた。JBLの経験者である井上と片岡の両名は、即戦力としての期待が大きく、特に井上に関しては、膝の故障で一年間バスケットから遠ざかっていたこともあって、どれだけ回復しているのかを誰もが知りたがっていた。

井上と奥田のセンター二人の身長差が、そのまま得点に反映され、前半は二十四対十二とダブルスコアになってしまった。

「絶対に逆転しよう」

二分間の休憩時間、加賀屋は一つ年下の橋本に声をかけた。

「はい！」

力強く答えた橋本の目がまだ試合を諦めていないと主張していた。橋本には負けられない理由があった。小さい頃からバスケットが好きで好きでたまらなくて、高校を決めたのもバスケットの名門校だという理由からだった。

だが、夢を抱いて高校に入学したものの、どうしても校風になじめなかった。我慢《がまん》してバスケットを続けるか、学校を辞めバスケットとも決別しようかと悩んでいたとき、救いになったのがエヴェッサカレッジだった。bjリーグ大阪エヴェッサの関連会社が経営するバスケットの専門学校に転入した橋本は、人間関係に悩むことなく、大好きなバスケットに打ち込むことができた。

両親や周りの人たちにはずい分と迷惑をかけたと思っている。プロになって恩返しがしたいと常日頃から考えていただけに、相手が誰であろうと負けるわけにはいかなかった。

「逆転するには、あのセンターを抑えなければ」

二十四点のうち、半分以上が井上の得点だった。彼を封じ込めない限り勝ち目はなかった。

「それなら俺に任せてくれないか」

二人の話を聞いていたサミュエルが自信たっぷりに話に加わってきた。身長は奥田より二センチ低い百八十六センチだったが、体重九十キロの頑強そうな体をした彼をガードで使うのはもったいない気がした。

「アメリカの大学では、時々パワーフォワードもやっていたから自信はあるよ」

実際、二メートルを超える選手と戦った経験が数多くあるのは、加賀屋たちのチームの中ではサミュエルだけだった。全米大学選手権でベスト16まで勝ち進むまでには、数多くの巨漢選手と肌と肌をぶつけ合ってきた。相手のセンターもいい選手には違いないが、恐れるほどではない。

「力を合わせて、逆転しようぜ」

三人の中で一番年上のサミュエルが拳を固めて前に突き出した。加賀屋と橋本の二人も拳を前に出し、サミュエルの呼びかけに応じた。

二分間の休憩が終わり、後半の八分が始まった。味方チームは前半から出場している、橋本、サミュエル、奥田と、後半から出場の加賀屋と宮城である。もちろん相手チームの井上と片岡は、後半も出場している。

十二点の点差を考えると速い攻撃をしかけなければならない。

橋本はドリブルをしながら、パスの受け手を探した。センターラインの少し前方に、フリーになった加賀屋が見えた。橋本はすぐに加賀屋にボールを投げると、リングに向かって疾走した。加賀屋も間髪《かんはつ》を容《い》れずに、フリースローラインで待ち受けているサミュエルに、目にも止まらぬ速さでボールを投げ入れた。後方から橋本が走り込んできた。加賀屋も右サイドから切れ込んでいく。

サミュエルはボールを受け取ると、恵まれた体格を生かして相手の三十八番のナンバーリングをつけている選手の動きを封じながら橋本にバウンドパスを送った。

サミュエルが作ってくれたスペースに突入した橋本は、右手を頭上に上げシュートをうとうとした。相手チームの井上とbjリーグの練習生佐伯がすぐに反応し、二人で橋本のシュートを阻止しようと立ち塞がった。井上の長い手が橋本を今まさにのみ込もうとしていたそのとき、右後方から走り込んでくる足音が聞こえた。

まるで背中に目でもあるかのように、橋本は後ろを振り向かずにボールを横に投げた。井上も佐伯も橋本に気をとられすぎて、加賀屋への対応が全くできない。絶妙なパスを受け、後ろから走り込んできた加賀屋はスピードを落とさずにリングに襲《おそ》いかかった。

二十四対十四。

シュートを決めたあと、加賀屋は勢いあまってエンドラインの後方に倒れ込んだ。

右足に軽い痛みを感じたが、加賀屋は元気よく立ち上がった。もう相手チームの攻撃は始まっている。

（しまった）

自陣への戻りが遅れた。前方にボールを運ぶ相手チームの片岡がいる。加賀屋は片岡を追い抜くつもりでディフェンスに戻ろうとした。その時だった。橋本が片岡の進行方向に飛び出してきて、ボールを奪おうとした。前方の橋本に気を取られている片岡は、背後から迫ってくる加賀屋の存在に全く気がついていない。

（チャンスだ！）

片岡は橋本の圧力をかわそうと、華麗なボールさばきで対応した。クロスオーバー、レッグスルー、ビハインドなど持てるすべてのテクニックを駆使《くし》して橋本を翻弄しようとした。

片岡がボールを体の後ろに持っていった瞬間、加賀屋は有無を言わせずそのボールを奪い取った。

加賀屋と橋本が片岡一人を相手にリングに向かって疾走した。片岡は加賀屋に体を密着させ、ランニングシュートをうたせまいとする。加賀屋は片岡を十分引きつけるだけ引きつけると、完全にフリーになった橋本にパスを送った。もはや片岡になす術はなく、橋本は簡単にシュートを決めた。

二十四対十六。点差は一桁《ひとけた》に縮まった。

「よし、この調子でいこう」

加賀屋と橋本はリング下でハイタッチをすると、今度は急いでディフェンスに戻った。

相手チームの攻撃である。

片岡と佐伯の間でパスが繰り返される間に、井上がローポストの位置についた。佐伯から井上にボールが投げ入れられ、背後からマークしているサミュエルを井上はドリブルをつきながら少しでも押し込んでリングに近づこうとした。あとはサミュエルをかわしさえすれば、井上なら簡単にシュートを決めることができる。

だが、サミュエルは地面に根が生えたようにびくともしない。それどころか、井上の体はドリブルをつくたびに、じわりじわりとリングから遠ざけられていった。たまらず井上は右に左にとピボットをしながら、サミュエルを振り切ろうとした。

サミュエルのディフェンスは執拗《しつよう》で、井上はかわすことができないまま無理な体勢からシュートを放った。ボールはリングに弾《はじ》かれ、味方チームの奥田がリバウンドを手中に収めた。橋本が走り、加賀屋も後に続いた。奥田からのロングパスは、橋本に見事に繋《つな》がり、一気にリングまで駆け上がると難なくレイアップシュートを決めた。

たび重なるターンオーバーに相手チームは浮き足立った。急造チームに組織だったプレイを望むのは酷《こく》だった。タイムアウトを取って立て直せばあせる必要などなかったのだが、トライアウトにそんなものはない。

勢いは完全に加賀屋たちのチームが勝《まさ》っていた。流れを変えるため片岡はゆっくりとしたボール運びで、全員を落ち着かせようとした。

効果はすぐに表れた。二十四秒を目いっぱいに使い、片岡は外からスリーポイントシュートを放った。惜しくもボールはリングから外れはしたが、井上がリバウンドに競《せ》り勝ち、ものすごい音をたててボールをリング中央に叩き込んだ。

再び点差は八点となったが、残り時間は十分にあった。だが、落ち着きを取り戻した相手チームはターンオーバーを許さず、お互いが点を取り合う膠着《こうちゃく》状態が続いた。井上も片岡も普段どおりの実力を発揮し始め、逆転するのは難しそうに思えた。

そんな重苦しい雰囲気を払拭したのは加賀屋だった。橋本から宮城に、宮城からサミュエルに、サミュエルから加賀屋に素早いパス回しが続き、相手チームのディフェンスをずらすことに成功した。ボールを手にした加賀屋は、迷うことなくこの日好調だったスリーポイントシュートを選択した。

加賀屋の手から放たれたボールは、慌てて駆け寄ってきた佐伯の伸ばした右手の上をうまく擦《す》り抜《ぬ》けると、高い軌道《きどう》を描いてリングに向かっていった。逆回転のよくきいたボールは、リング下で見守るサミュエルと奥田の目の前で、音もたてずにネットに吸い込まれていった。

三十六対三十一。

ついに点差六点の壁を打ち破った。

スリーポイントシュートの成功が反撃の狼煙《のろし》となり、橋本、加賀屋、サミュエルの三人は前から激しくあたり、片岡にプレッシャーを与えた。

センターラインまで一人で運べそうにもないと判断した片岡は、サポートに来た佐伯にボールを渡した。佐伯の前をサミュエルが、右横からは加賀屋が抑え込みにかかった。佐伯の動きが止まった。ボールを持ったまま左足を軸にしてピボットを踏み、パスの相手を探した。しかし、サミュエルの大きな体が邪魔になり味方の選手がなかなか探せない。左によけようとしたとき、笛が鳴った。佐伯の軸足がわずかに動いたのだ。

トラベリングのバイオレーションで攻撃権が加賀屋たちに移った。残り時間は二分以上ある。

橋本はサイドラインから一番近くにいる加賀屋にボールを出した。先ほどの失敗を繰り返すまいと佐伯がぴったりとマークしてきた。加賀屋は再びスリーポイントシュートをうつと見せかけ、佐伯の左側を擦り抜けると敵陣に突っ込んでいった。

後方から佐伯が追い、前方には井上が待ち構えている。左からは片岡もカットインを阻止《そし》しようと体を寄せてきた。加賀屋の視線の先にフリーになったサミュエルがいた。加賀屋は三人のディフェンスを引きつけるだけ引きつけると、シュートのフォームから一転してサミュエルへのパスに切り替えた。ボールを受け取ったサミュエルは、少し遅れて伸ばしてきた井上の手を避けながらシュートを決めた。

三点差まで詰《つ》め寄り、あと一歩というところまで漕《こ》ぎつけたものの、その後両チームともシュートが決まらず時間だけが虚しく過ぎていった。残り時間が三十秒を切った時点で、相手チームの攻撃となった。片岡は三点という点差を考え、二十四秒をフルに使い切ろうとゆっくりとしたペースで攻撃をしようとした。

タイムアウトもフリースローも許されていないこの試合では、リードしている相手チームにとって、遅攻《ちこう》が最善の策のように思われた。

橋本も加賀屋もサミュエルも何とかボールを奪おうと試みたが、片岡のドリブルテクニックとパスセンスの前に何もできずにいた。時間の経過とともに敗色も濃厚になった。相手チームが得点を入れれば逆転するのは不可能だったし、早い段階で攻撃権を奪わなければ、引き分けに持ち込むのも無理な話だった。

時間をたっぷりと使ったあと、相手チームの井上が無理な体勢からシュートを放った。ボールはリングに当たったものの、得点にまでは至らず、リバウンドの争いになった。井上の指に当たり、味方チームの奥田の手からもこぼれ、ボールは加賀屋の目の前に落ちてきた。時計は六秒から五秒に変わろうとしている。もう時間がない。加賀屋は走った。高速ドリブルを駆使し、リングに向かって疾走した。

三秒、やっとセンターラインをまたいだ。もうシュートをうたなければ間に合わない。追走《ついそう》してきた佐伯が後ろからナンバーリングの脇の部分を摑んで、シュートをうたせまいとした。

加賀屋は佐伯のファールを受けてバランスを崩した。どんな体勢でシュートをうったかは覚えていない。ただ、加賀屋の手を離れたボールが空中高く飛んでいく様子は目で捉えていた。ゆっくりと飛んでいくボールは、まるでスローモーションの映像を見ているようだった。

ブザーが鳴った。

橋本が駆け寄ってきて、倒れている加賀屋に手を差し伸べた。

掲示板の得点表示が、三十六対三十三から、三十六対三十六に変わった。

百回シュートしても、あの体勢からなら一回成功するかどうかも疑わしかった。諦めない気持ちが、負けたくないという執念《しゅうねん》が、最後の最後に引き分けという結果をもたらしてくれたような気がした。

　新潟アルビレックスBBの関係者だけでなく、Bコートの試合を見守っていた他のチームの関係者たちにも動揺《どうよう》の色が見受けられた。慌ててペンを取り、選手一覧表にマークする者、隣に座っているアシスタントコーチに耳打ちする者、両腕を組んで考え込む者、動作や態度は一人一人違ったが、衝撃《しょうげき》を受けていることだけは確かだった。

　Aコートで審判をしていた東は、加賀屋たちの試合を見てはいなかった。前半が終わった時点で、チーム分けが公平でないと思っていた。十二点の点差をつけてリードしているのを見て、チーム分けが公平でないと思っていた。十七歳の橋本、高校を卒業したばかりの加賀屋、アメリカ帰りの二十二歳のサミュエル、若い力に期待していただけに、やはり経験不足かと思い込み残念な気持ちでいた。

　それが、どうだろう、後半だけで十二点の点差を見事に引き分けまでに持ち込んでいる。最後のどよめきは何だったんだろう。一体何が起きたんだろう。東はその理由が知りたくて、次の加賀屋たちの試合は自分が笛を吹こうと思った。

「正直、追いつけるとは思わなかったよ」

橋本が嬉しそうに加賀屋の横にやって来た。

「すごくやりやすかったなあ。君たちのお陰で、思う存分自分のプレイができたような気がするよ」

サミュエルも楽しそうに語りかけてきた。

「次の試合は、君たち三人はフル出場してもらって、僕を入れた残り四人が前後半で交代するから」

一番年上の奥田が二試合目の戦い方を説明してくれた。水分補給を終えた加賀屋たちは三試合目で戦う対戦相手の試合を観戦した。

「どう思います？」

橋本が加賀屋に感想を求めた。

「油断のできない相手だと思うよ」

井上や片岡ほどの選手はいないが、急造チームにしてはよくまとまったプレイ内容だった。

試合は二十四対二十二の接戦で、三試合目に対戦するチームが勝利した。

「穴のないチームですね」

橋本の言うように、ディフェンスがしっかりしたチームだった。

「勝てそうですか？」

一試合目を戦い終えて加賀屋の実力を知り、橋本は完全に一つ年上の彼に信頼の念を抱いた。

「結果は分からないが、とにかく頑張るしかないよ。それよりも二戦目に備えて少し練習しておこうか」

「はい」

二人は、使用していないCコートに向かった。

二戦目の相手も強敵だった。センターの石井孝生《たかお》は、加賀屋と同様インターハイでの優勝の経験があり、インカレも二〇〇三年に準優勝に輝いたチームの一員だった。ガードの宮永雄太は、JBLで長年プレイをして経験は豊富だったし、フォワードの菅澤紀行《すがさわのりゆき》は去年までJBLの育成選手としての契約を結んでいた。彼は経験のわりには二十五歳とまだ若く、今回のトライアウトでは一、二を争う注目選手だった。

加賀屋たちの二試合目が始まった。もちろん、笛を吹くのは東だ。東は、橋本と加賀屋のプレイに関心があった。井上と片岡の両名がいる強力なチームを、後半追い上げて同点引き分けに持ち込んだ原動力は一体何だったのかを知りたかった。

二戦目の前半戦は、橋本、サミュエル、奥田、加賀屋、宮城の五人で、石井、宮永、菅澤の強豪チームと相対することにした。

百九十五センチの石井がジャンプボールを制し、相手チームの攻撃で始まったが、宮永が不用意に出したパスを橋本がカットし、すぐに攻撃に転じた加賀屋にボールを渡し、まずは先制点をもぎ取った。勢いに乗った加賀屋たちのチームは、相手の次の攻撃を固いディフェンスで無得点に抑えると、サミュエルが相手センターの石井に左肩を押し当てて間合いを作ったあと、フックシュートを見事に決めてみせた。

ペイントエリアへの侵入を防ぐために、蟻《あり》の這《は》い出る隙もないように組んだ加賀屋たちの守備陣形に相手チームは手こずり、二十四秒ぎりぎりで外からのシュートを放つしか打つ手がなかった。

リバウンドを狙って敵チームの石井がリング下に駆け寄ろうとしたが、サミュエルの頑丈《がんじょう》な体がそれを許さなかった。結局、菅澤のシュートはリングから外れ、ボールは奥田の手に収まった。奥田はボールを抱え込むようにキープしたあと、ガードの橋本にボール運びを任せた。

相手チームの戻りが早いのを見て、橋本はゆっくりとボールを運んだ。右サイドには加賀屋が、左サイドには宮城がいる。サミュエルと奥田もいつでもインサイドに入り込める好位置をキープしていた。橋本はボールをつきながら、どう攻撃を仕掛けるか、もう一度味方の位置を確認した。

パスをすると見せ、一転して橋本が自ら攻撃を仕掛けた。すぐにサミュエルがスクリーンプレイで橋本の走り込めるスペースを作り、宮城がフォローするために橋本の左サイドから切れ込んでいき、センターの奥田も石井と競り合いながらリング下に陣取った。

橋本が空中に舞い、シュートを決めようと構えた。相手チームの菅澤がブロックしようと手を伸ばしてきた瞬間、橋本は空中で素早く反転すると、右コーナーで待ち構えていた加賀屋に空気が震えるほどの速さでボールをパスした。

完全にフリーな状態でボールを受け取った加賀屋は、落ち着いてスリーポイントシュートをうつことができた。

七対〇。

加賀屋たちのチームは上々の滑り出しで、ゲームを支配していった。加賀屋、橋本、サミュエルだけでなく宮城と奥田も得点にからみ、守備でも頑張りを見せた。

二十一対八と加賀屋たちのチームの一方的なリードで前半を終えた。

加賀屋も橋本もサミュエルも、一次選考のときよりも格段に上手くなっていた。共に助け合うことで、お互いのプレイがレベルアップしたようだった。

(三人とも、いい選手だ。何とかドラフトで指名されてくれればいいが……)

東は公平な立場を忘れて、若い三人に肩入れしたい気持ちになっていた。よほどの実力がない限り、既存《きぞん》の選手を放出して新人をチームに入れるわけにはいかない。例年、指名権を放棄《ほうき》するチームが増えているのがbjリーグの現状である。ただし今年は違う。東京と群馬の二チームが新規参入する。狭き門だったプロへの道も、少しは門戸が開放されそうな気がした。

二分間の休憩の間、相手チームは円陣を組んで対策を練った。

「四番のガードに好きなようにプレイをさせないで抑え込もう」

橋本のプレイに圧力をかけ、早い段階でボールを奪い取り、自分たちの攻撃に繋げようと、一番年上であるガードの宮永が提言した。

「それでいきましょう」

フォワードの菅澤に異論はなかった。

前半八分、後半八分と試合時間が短いため、スタミナの配分を考慮する必要はなかった。八分間、フロントコートで圧力をかけ続ければ逆転する可能性は十分にあった。

後半戦が始まった。

休憩時間に練った作戦どおり、橋本がボールを持つと、相手チームはすぐに宮永と菅澤がダブルチームで激しくプレッシャーをかけ始めた。

二人がかりのマークに橋本の動きが止まった。加賀屋と宮城がフォローに駆け寄ったが一歩遅く、やや強引に宮永が橋本からボールを奪った。宮永からパスを受けた菅澤は、確実にシュートを決め反撃の口火《くちび》を切った。

相手チームの猛攻が始まり、前半戦とはがらりと様相が変わった。自由にプレイできなくなった橋本に、加賀屋たちは後半から出場してきた小寺をサポート役にして、二人でボールを運ぶ作戦をとることにした。

だが、経験豊富な宮永や菅澤はそれを許さず、二人の動きを止めて八秒オーバータイム（攻撃側は八秒以内にボールをセンターラインより前に運ばなければならない）の反則をとり、攻撃権を奪い取った。開始早々四点を取られ、流れは一気に相手チームに傾いたかのように思われた。

「少しの間、代わろうか」

思うようなプレイができずに、うつむき加減になっている橋本から加賀屋がガードを引き継ぎ、橋本はフォワードを任された。この交代が功を奏した。橋本をマークしていた宮永と菅澤は、一人が加賀屋に、もう一人が橋本にと、一点に集中していた圧力が分散した。

陽一の指導でガードもこなせるようになっていた加賀屋は、何の問題もなくボールを運んだ。速くなりすぎている試合展開のペースを変えるため、加賀屋はボールをつきながら時間を稼いだ。橋本についていた宮永が、ボールを奪おうと襲いかかってきた。

その橋本がフリーになった瞬間を加賀屋は見逃さなかった。宮永の手が伸びてくるよりも早く、矢のようなパスを橋本に送った。

(行け！)

胸の奥で加賀屋は叫んだ。気持ちが通じたのか、橋本が勇猛果敢《ゆうもうかかん》に中に切れ込んでいった。ブロックしようと手を出す石井をかいくぐり、橋本がシュートを決めた。

「いいね。あの二人」

新規参入する東京サンレーヴスの代表とコーチが顔を見合わせた。ボール運びに二回失敗した橋本への評価は低くなるどころか、フォワードでも十分通用すると高い評価を得た。加賀屋に関しては、即戦力として指名するかどうか悩むところまできていた。

「あのハーフの子の身体の強さは本物だなあ」

秋田ノーザンハピネッツのコーチは、橋本がカットインしようとしたとき、敵のディフェンスを抑えて走り込むスペースを作ったサミュエルの動きを見ていた。

勢いに乗ると若いチームは想像以上の力を発揮する。シュートを成功させた橋本は、何事もなかったかのように元気になった。サミュエルはＪＢＬの経験者を相手にして、自分が日本でも十分通用することを確信した。加賀屋は一つ上のステージでも自分を信じてプレイすればいいことを知った。

試合は前半のリードがものをいい、加賀屋たちのチームが勝利した。

三戦目も勢いで相手を圧倒し、大差をつけて勝利した。二勝一分け、申し分ない出来だった。

「なんとかなったね」

加賀屋が最年少の橋本の肩を軽く叩いて労った。

「まな板の上の鯉《こい》の心境ですね」

持てる力をすべて出しきった。あとはドラフト会議で指名されるかどうかは、チーム関係者の判断による。橋本は悔いの残らないプレイができたことに満足していた。

た。

「チーム関係者の方は、Aコートに集まってください」

東の呼びかけに、bjリーグ二十一チームの関係者が、選手一覧表を手にして集合し
「もう一度見てみたい選手がいましたら、今からお渡しする紙に記入して提出してください」

チーム関係者たちは、配布された紙に気になる選手の番号を書き込んでいった。東京サンレーヴスは加賀屋の番号を書き込み、大阪エヴェッサは橋本を、秋田ノーザンハピネッツはサミュエルをもう一度見てみたいと考えた。

「これから、チーム関係者がピックアップした選手によるゲームを行います。これから番号を読みますので、呼ばれた選手は前に進み出てください。四番、六番、八番……」

加賀屋も橋本もサミュエルも選ばれた十二人の中に名前を連ねていた。

東の指示で六名ずつの二チームに分けられ、加賀屋、橋本、サミュエルの三人は同じAチームで戦うことになった。すでに三試合、共に戦った三人は、何もサインを出さなくてもお互いがどう動くかを把握していた。

アピールする最後のチャンスだった。ほとんどの選手が自分をよく見せようと個人

プレイに走る中、三人は違った。絶妙のコンビネーションでお互いのいい面が出るように助け合った。

やるだけのことは、やった。加賀屋は清々しい充実感と、心地よい疲労感を覚えた。

「今日は一日、ありがとうございました」

橋本が帰り支度をしている加賀屋に頭を下げた。

「こちらこそありがとう」

橋本のお陰で、楽しくプレイできたことを感謝した。

「大阪って言ってたけど、今から帰るの？」

最終トライアウトには、北は北海道、南は沖縄から全員が自費で参加している。橋本も自分のお金を使って大阪から駆けつけていた。

「今夜はホテルに泊まって、明日帰るつもりです」

「ドラフト会議の会場には来られそう？」

「ええ、自分の人生が決まる大事な一日ですから、この目でしっかり見ようと思っています」

東京に住んでいる加賀屋は、自分は恵まれていると思った。

「お互いに指名されたらいいけど」

「加賀屋さんだったら、絶対に大丈夫です」

新潟アルビレックスBBからは、約束に近いものをもらってはいたが、絶対だという確信を持てるものではなかった。

「加賀屋さんは、どうします？」

橋本が、来てほしそうな顔をした。

「大阪から君が出向いてくるのに、東京に住んでいる僕が行かないわけにはいかないだろ」

加賀屋が来ると知って、橋本の顔がほころんだ。

「本当ですか⁉　それじゃ、会場で会いましょう」

爽《さわ》やかな笑顔を残して、橋本が去っていった。

「どこまで帰るの？」

体育館を出ようとしている加賀屋にサミュエルが声をかけてきた。

「浦和駅から電車に乗って、東京に帰ります」

「東京のどこなの？　通り道だったら乗せていってあげるから」

「福生《ふっさ》です」

「横田基地のある福生なの？」

「そうです」

「16号を通って、横須賀に帰るつもりだったから、ちょうどいいや。嫌じゃなかったら乗っていきなよ」

加賀屋はサミュエルの言葉に甘えて、彼の車に同乗させてもらうことにした。

「ジュニア、疲れてるでしょうから、ママが運転していくわ」

二人の前に赤い車が止まり、運転席から豊満な体つきの女性が顔を覗かせた。

「ママ、加賀屋君も一緒にいいでしょ？」

大きな体をしたサミュエルが、小さな子供のように母親に頼んだ。

「加賀屋君、今日のジュニアはどうだった？」

運転をしながら母親が、後部座席に座っている加賀屋に尋ねた。

「一緒のチームになれて心強かったです」

「そうなのよ、うちのジュニアは味方にするとすごく頼もしい子なの」

母親は、息子がピックアップゲームに選ばれたということもあって上機嫌《じょうきげん》だった。

「ママ、加賀屋君にアピールしても仕方ないじゃないか」

助手席のサミュエルが、興奮してしゃべり続ける母親をたしなめた。

「加賀屋君、お腹が空いたでしょ。おばさんがご馳走するから、何か食べて帰りましょう」

遠慮して加賀屋は断ったが、一度言いだしたら後には引かない性格のようで、母親は加賀屋の言葉など無視して、ファミリーレストランの駐車場に入っていった。

「何でも好きなものを注文して」

加賀屋が注文を決められずにいると、母親がサミュエルと同じステーキを注文してくれた。

「ジュニア、口の横にソースがついてるわよ」

母親は、本当に手のかかる子なんだからと言いながら、サミュエルの口元についたソースをナプキンで拭き、楽しそうに笑った。サミュエルは三百グラムのステーキをペロリと平らげ食欲旺盛《おうせい》なところを見せたが、加賀屋はなかなか食べきれずにいた。

「加賀屋君は、もっとたくさん食べて体を作らないと駄目よ。bjリーグは外国人が多いから彼らに負けないような筋肉をつけないと」

ダイエット中だからといって、野菜サラダしか口にしていないサミュエルの母が、線の細い加賀屋に胃袋も実力の一つだといって、食べ残すことを許さなかった。母親のいない加賀屋は素直にその言葉に従い、時間をかけて残った肉と格闘した。

「それでこそアスリートよ」

食べ終えた加賀屋の頭を、サミュエルの母親がまるで我が子のように撫で回した。

家まで送ってもらった加賀屋は、心配そうな顔をして帰りを待っていた妹の幸恵に、自分のことを話すのではなく、今日知り合ったばかりの橋本やサミュエルのプレイについて熱く語った。


六月十九日、山手線の浜松町駅から歩いて十五分のところにあるホテル「アジュール竹芝《たけしば》」で二〇一二年度のドラフト会議が開催された。会場となった十四階「天平の間」の窓からは東京湾が一望でき、レインボーブリッジやお台場のフジテレビ本社ビルも見える。

開始時刻より一時間も前に到着した加賀屋は、会場の外に並べられた椅子に座り外の景色を眺《なが》めていた。陽一が神津島へ出発した竹芝桟橋も眼下《がんか》に見えた。

（田所先輩にいい報告ができますように）

人事を尽くして天命を待つとは、まさにこの日の心境だった。

（新潟アルビレックスＢＢが心変わりしていなければいいが……）

開始時刻が近づくにつれ不安が募《つの》った。

「加賀屋君、もう来てたのね」

サミュエルの母親が大きな声でにこやかに、加賀屋の前に座った。彼女の明るさが不安な気持ちを一掃《いっそう》してくれた。

「サミュエルさんは一緒じゃないんですか？」

辺りを見渡しながら加賀屋が尋ねた。

「ジュニアは、トイレに行ってるのよ。あの子緊張しているみたいで、朝から何度もトイレを出たり入ったりしてるのよ」

腹を抱えて笑う母親に、加賀屋は先日の礼を述べた。

「加賀屋君、ママが迷惑かけてない？」

黒人とのハーフであるサミュエルが、青白い顔ではなく青黒い顔をして現れた。

「迷惑だなんて失礼な。それより、ジュニアあんた大丈夫なの？」

「ママが朝食をあんなにたくさん食べさせたからだよ」

お腹をさすりながらサミュエルが苦しそうな顔をした。

「加賀屋さん、サミュエルさん、こんにちは」

加賀屋たちと同じように黒いスーツ姿の橋本が二人に挨拶をした。

「ママ、トライアウトで最年少だった橋本君だよ」

「サミュエルの母親です」

二人が挨拶を交わしている間に、開場の時刻になった。

会場の中は薄暗く、両サイドに大型スクリーンが用意されていた。

「ただ今より二〇一二年度、bjリーグドラフト会議を開催します」

岡本チーフプロデューサーが司会を務め、いよいよ運命の時が訪れた。

「午前中に行われた、新規参入チームによるエクスパンション・ドラフトの結果から先にお伝えします」

エクスパンション・ドラフトとは、新チームが加入する際に行われるドラフト方式で、既存の十九チームは支配下にあった選手の中から指名可能な選手を提示しなければならず、新チームはそれらの選手の中から戦力となりそうな選手を指名することができる選択方式のことである。

「東京は、伊藤拓郎、高田紘久《ひろひさ》、加藤真の三名を、群馬は友利《ともり》健哉《けんや》、堤啓士朗《つつみけいしろう》の二名を指名しました」

大型スクリーンに五人の名前が映し出された。

「それでは新人のドラフト一巡目を行います。一巡目で指名された選手はA契約を結ぶことができ、自動的に選手登録がされます」

会場の前列に座っているチーム関係者に、指名用紙が配られた。各チームは十分に話し合いがされていたようで、何のためらいもなく指名用紙を提出した。

「群馬クレインサンダーズ一巡指名選手、菅澤紀行。東京サンレーヴス、加賀屋涼……」

思いもかけないチームからの指名に、加賀屋は自分の耳を疑った。

「おめでとう」

両隣に座っていた橋本とサミュエルが手を叩いて祝福してくれた。加賀屋は東京、宮崎、新潟、福岡の四チームから指名を受けたが、橋本とサミュエルの二人には声がかからなかった。

「それでは、加賀屋選手を指名した四チームの代表の方、前にお進みください」

岡本チーフプロデューサーに促され、四人が横一列に並んだ。

「ケースの中から一枚を選んでお取りください」

東京、宮崎の順でケースの中の抽選用紙が一枚ずつ引かれていった。

(新潟に決まればいいけど……)

最初に声をかけてくれたチームだし、田所先輩の知り合いの佐藤準さんもいる。加賀屋は新潟が交渉権を得ることを願った。

「それでは、同時に開封してください」

四人がほぼ同時に四つ折りにされた紙を開いた。一番左側に立っていた東京サンレーヴスの代表原島が右手の拳を高く上げた。

トライアウトのときからずっと加賀屋たち若手の動向を見ていた東は、まずは一人と親指を折り畳《たた》んだ。

二十一チーム中、十チームが一巡目で指名した選手との交渉権を得たものの、残り十一チームは指名権を放棄した。

「まだ二巡目があるから」

がっくりと肩を落としているサミュエルに、加賀屋がかける言葉はそれぐらいしかなかった。

一巡目と二巡目、三巡目とでは大きな違いがあった。一巡目で選ばれた選手は、年俸三百万円以上で契約が交わされ選手登録されるのだが、二巡目以降だと三百万円という最低保証はなく、一巡目で選ばれた選手ほどの恩恵は受けられない。

二巡目の指名選手の発表は、今季優勝をした琉球ゴールデンキングスから始まったが指名放棄が続き、大阪エヴェッサの順番になった。

「橋本拓哉、十七歳大阪出身、身長百八十六センチ、体重七十八キロ、出身校エヴェッサカレッジ」

橋本のプロフィールが紹介された。

「やったー」

サミュエルが橋本の手を握《にぎ》り自分のことのように喜んだ。加賀屋はまだ喜べずにいた。どうせならサミュエルも選ばれて、三人一緒に喜びを分かち合いたかったからだ。

続く三チームが指名を放棄したあと、秋田ノーザンハピネッツの番が回ってきた。

「澤地サミュエル・ジュニア、二十二歳神奈川県出身、身長百八十六センチ、体重九十キロ、ガード、出身校ゴードンカレッジ」

岡本チーフプロデューサーが紹介するのと同時に、サミュエルの母親が立ち上がって歓声をあげた。

「おめでとう」

今度は加賀屋が遠慮せずにサミュエルを祝福した。

三巡目も指名を放棄するチームがほとんどで、ドラフト会議は全体で十七人しか指名されない狭き門だった。それでも三本の指を折り畳んでいた東は、満足そうな顔をしていた。

指名された選手が一人ずつ前に呼ばれ、河内コミッショナーに交渉権を得たチームの帽子を被せてもらい記念写真を撮《と》った。加賀屋も東京サンレーヴスの帽子を被ってはみたが、新潟のチームのことを考えると複雑な心境だった。

ドラフト会議の最後に、指名された選手たちは記者の取材を受けた。橋本もサミュエルも記者を前に笑顔で対応していたが、加賀屋一人が浮かない顔をしていた。

「東京サンレーヴスに決まりましたが、今の心境はいかがですか？」

スポーツ紙の記者の一人が、加賀屋に質問した。

「大変嬉しく思っています」

「四つのチームから指名をされましたが、それについてはどう思われましたか？」

「高い評価をしていただいて、正直驚いています」

淡々と当たり障《さわ》りのない受け答えをする加賀屋から何かを引き出そうと記者は質問を続けたが、代わり映えのしない答えが返ってくるだけだった。

この日のドラフト会議の模様はＢＳフジで中継された。加賀屋の母校Ｔ校の視聴覚教室では、バスケット部員と小山先生が大型テレビの前に陣取っていた。

「やっぱり加賀屋先輩ってすごいんだなあ。四チームから指名を受けるなんて、先輩の実力を認めている証拠だもんな」

相原が偉大な先輩を持ったと喜んだが、小山先生は納得のいかない顔をした。

「相原、これぐらいのことで喜んでたら駄目よ。加賀屋君だったら、全部のチームが指名してもおかしくないはずよ。なにしろ私が教えた子なんだから」

「先生、それはないって」

「そうだよ。先生、素直に喜べよ」

影山や他の部員たちが小山先生に注文をつけた。

「そんなに攻撃しなくてもいいじゃない。ちょっと言ってみただけなんだから」

小山先生はさらりとかわすと、再びテレビ画面に注目した。

「東京サンレーヴスに決まって良かったんじゃない。ホームチームが東京だと応援に行きやすいもの」

「生でプロの試合を見たことがないから、楽しみだね」

テレビでNBAの試合は見ていても、コートサイドでプロの試合を観戦した者は一人もいなかった。

「そうね、先生もわくわくしてきたわ」

小山先生は加賀屋の応援もそうだったが、bjリーグの外国人選手にも興味を抱いていた。

記者の取材が始まり、加賀屋が大写しになると、Ｔ校部員たちは食い入るようにテレビに集中した。

「プロになれた喜びを誰に伝えたいですか？」

大したコメントが得られないと分かり、記者は次の順番を待っている橋本に期待して、取材の締《し》めに入った。

「父親と妹です。それから恩師の田所先輩です」

「ちょっと、そこは小山先生と言うところでしょ」

うけを狙って、小山先生が椅子から転げ落ちた。

「しょうもない」

うけるどころか、Ｔ校部員たちは冷ややかな目で小山先生を見下ろした。

「ああ、百万ドルの脚線美に傷がついてしまったじゃない」

部員たちの態度にめげることなく、小山先生はこりもせずにふざけてみせた。

遠く離れた神津島でも、陽一がドラフト会議の中継を見ていた。

（残念だけど、新しいチームでやるのも悪くないかも）

新潟アルビレックスＢＢの準に、加賀屋のことを頼んでいただけに少し残念な気はしたが、加賀屋なら誰にも頼らずに一人でやっていけるだろうと陽一は思った。加賀屋がこれから歩んでいく道は、勝敗だけが重要視される弱肉強食の世界である。成績がふるわなければ、選手としての契約が打ち切られる非情の世界でもある。頼れるのは自分しかいない。

獅子《しし》は我が子を千尋《せんじん》の谷に蹴落《けお》とし、自ら這い上がってくる強い子だけを育てるという。厳しい環境の中で生き抜いてこそ、真の王者になれるのだ。

(うん、これで良かったんだ)

陽一は、記者の取材を受けている加賀屋を見ながら、彼のさらなる成長を期待した。

「田所先生、ここにいらっしゃったんですか」

陽一がテレビを見ている二階の多目的室のドアを開けて、尾上が入ってきた。

「後輩の男の子がドラフト会議に出ていたもんで、ここでその様子を見ていたんです」

「ドラフトって、プロ野球のですか？」

尾上が不思議そうな顔をした。

「プロのバスケットです」

「へー、それで後輩の子はどうでした？」

「一巡目で指名されました」

「それはすごいですね。それはそうと、先生宛《あ》てにエアメールが来ていたんで探していたんです」

手紙はシエラレオネに行っている俊介からだった。

『陽一、元気ですか。僕もこちらの生活に慣れてきて、毎日元気に頑張っています。山形伝蔵さんや陽一たちの支援のお陰で、カバラでの開墾は予想以上にうまくいき、米も野菜も大きな収穫を得ました。シエラレオネの政府もモガンボの成功に触発《しょくはつ》されて、農業の一大プロジェクトを計画し、実行する段階まで話が進んでいます。手始めに政府は、モガンボにカバラだけではなく、ポートロコでの開拓も許可してくれ、労働者も多数集めてくれました。

モガンボの夢であるシエラレオネの復興は着々と歩みを進めています。十人ほどしかいなかった子供たちも、今では四十人近くに増えました。学校では数学や英語の他に、日本語も教えています。

今日、陽一に手紙を送ったのは、頼みたいことがあったからです。それは……』

俊介の頼みは、すぐに引き受けられるような生易《なまやさ》しいものではなかった。

（なんとかしてやりたい）

親友俊介の頼みである。簡単に断るわけにはいかなかったが、事の重大さを考えると即答するわけにもいかなかった。

第八話　完

解説

早見あかり

今回、映画版「走れ！　T校バスケット部」で、私はヒロインの浩子を演じさせていただきました。オファーをいただいたときに、「こういうお話が来てるけど、どうする？」と台本を渡されたのですが、それを読んですぐに「面白いから、ぜひやりたいです！」とお返事しました。このシリーズの読者のみなさんはご存じだと思いますが、ダメダメだったチームが、ひとりの転校生――陽一が入ってきたことによってまとまっていく様子が、とにかく面白かったからです。

実は私、普段はあまり小説やマンガを読まないタイプなんです。でも、この作品はスイスイ読めました。面白いし、わかりやすいし、楽しかったから。

浩子はきっと、それまでのダメダメなチームのことを、「なんでこうなんだろう」って思っていたんだろうなって考えたり……。でもそれが、陽一が転校してきて、バスケ部に入ったことで変わっていく。そんなみんなの姿を、いちばんうれしく思っているのが浩子なんじゃないかなとか、そんなことを感じるうちに「自分がこの役をやってみたい」と思いました。

浩子は、原作と映画で少しキャラクターが違う部分があって、映画では陽一をバスケ部に積極的に勧誘したり、勝負にこだわったりもする、芯の強い女の子という設定になっています。私自身、わりと今までパキパキ生きてきた人間なので、そこは役柄とも重なる部分ですね。

勝負事はあまり好きじゃないので、勝ちにこだわるということはないんですが、浩子の素直にものを言う感じ——オブラートに包まずに、ストレートに思ったことをそのまま言葉で伝えるという性格は、良くも悪くも自分と似ていました。これまで自分のそのストレートすぎるところで、たくさんの人を傷つけたりもしたと思うのですが、浩子にもそういう面があるように感じていて、裏表がなくまっすぐな感じというか、そういう、自分と似た部分も感じながらお芝居をさせていただきました。

そんな流れで出演が決まったものの、バスケットボールは体育の授業でちょっとやったくらいで、これまでほとんど縁がなかったんです。でも、幸い妹がバスケ部だったので、「バスケ部のマネージャーはどういうことをするの？」「試合中の座り方は？」というようなリアリティのある話を聞いて、それが役作りにとても役立ちました。

映画内でワンシーンだけ、浩子がシュート練習をするシーンがあるのですが、そのときも妹に相談しました。このシュートシーンがまた難しかったんです。私にとっては本当にゼロからのスタートだったので、女子生徒の方にシュートの仕方を教えていただいたりもして、何度も練習しました。

ある日、その生徒さんたちが遅れて来たことがあったんです。そのとき、何も基礎を教えてもらっていないのに、いきなり男子チームに混ざって同じ練習をやる羽目になって……。バスケって本当にきついんですよ。あのときは本当に、地獄のような気分を味わいました（笑）。

ただ、そのとき一緒に練習したおかげで、T校メンバーの男子チームの役者さんたちのことを、本当にすごいなって思いました。男子と女子の違いはあるけど、私と同じようにまったくのゼロからのスタートだった人もいたし、今回はバスケ経験者がほとんどいなかったのですが、「そんな状態から、よくここまで……！」というくらいに上達していて。

　彼らは練習のシーンでも試合のシーンでも、体力的にかなりつらそうでしたね。私は練習に参加しても、みんなに迷惑をかけてしまうような状況だったから、よけいに彼らのすごさがよくわかりました。映画では、彼らのがんばりをぜひみなさんに観ていただきたいです。私自身はマネージャー役なので見ているだけなのですが、純粋に彼らの動きを間近で見ていられたので、リアルなマネージャーらしくなったかな、と思います。

　撮影の期間中は、カメラが回っていないときもみんな和気藹々《あいあい》としていて、本当に楽しい現場でした。男の子たちは練習期間が長かったので、私が撮影に参加したときにはもう「チーム感」ができあがっていました。

　陽一役の志尊淳くんが、女子ひとりの私のことをとても気にかけてくれて、「メンズチームでごはんに行くけど、あかりんもどう？」という感じで毎回誘ってくれたりしました。みんなのおかげで、撮影していないところでも「T校」というチームでいられたんです。志尊くんは主演だし、陽一役だから、リーダー感というか、とても頼りがいがありました。もともと私もあまり人見知りをしないタイプなんですが、すんなりとあのチームに入っていけたのは志尊くんのおかげだと思います。

撮影を終えた今、これは原作にも言えることですが、この作品は、バスケを通して一人ひとりが成長して、変わっていきますよね。浩子も、最初はダメダメなチームに対してなんだかモヤモヤした気持ちがあったのに、陽一に出会ってどんどん変わっていく。その、最後に行き着くまでの浩子の心情の変化、それぞれのキャラクターの変化も、ぜひ注目して観ていただきたいと思っています。

浩子役としては、バスケをやったことのない私が一生懸命やったシュートのシーンを観てほしいです（笑）。しいて「観て」って言うならば。ただ、私なんてもうどうでもいいというくらい、本当に男の子たちががんばっていたので、そこを楽しんでいただければうれしいです。みんな本気で汗だくになっていたから。

撮影のときはメイクで汗をつけたりするものなんですが、今回はそんな必要はまったくなかったですね。むしろ「汗が引かない！」みたいな。逆にびちゃびちゃになりすぎて、画《え》にならない感じになっている子もいたりして（笑）。みんなもう、本気でした。そこまで本気だったからこそ、本当の意味での「チーム感」や「仲間」の感じが、とてもよく表現されていると思います。

仲間という存在は、大人になってから出会った人ももちろん大切ですが、中高生時代のいちばん複雑な時期に一緒にいた人たちは、今の自分を形成するにあたって、すごく大事な人たちだと思っています。私にとっては、地元の友人たち。今でも実家に帰るタイミングでよく会っています。

そういう人たちとは、たとえ会わない期間が長くても、すぐにわかりあえる。「あのとき楽しかったよね」という話で盛り上がれるし、今何をしていても、根本は変わっていないなと思ったりもします。だから、このT校のメンバーもいいなって思うんですよね。高校を卒業しても、それぞれに何かがあれば集まって、みんなで相談しあったりして。そういう仲間ってすごく大切です。

高校卒業後、「大学に行かない」という決断をしたときが、私が「この仕事で生きていく」という決意をした瞬間でした。それまでは、なんとなくふわっと芸能のお仕事をしていて――「なんとなくふわっと」というのは言い方が悪いですけど、それまでは「一生これで食べていく」という覚悟はなかったと思います。でも、大学に進学しないと決めたときに、「ああ、これが私の一生の仕事になるんだろうな」と思った。

それから何年かたって、今こうしてお仕事ができているというのは――「何を努力していたのか？」と聞かれたら、そのときそのとき必死で生きてきたので、あまり覚えていないんですが、あのときの大きな選択のおかげだったと思います。

陽一もほかのメンバーも、シリーズが進むにつれて大人になっていって、それぞれに選択を迫られたり、自分なりの道を歩いていきますね。この8巻では、陽一の後輩であり教え子でもある加賀屋が、プロ選手を目指してがんばります。そういう、道が決まる瞬間っていうのは確実にあると思います。加賀屋の場合は、その背中を陽一が押してあげたようなところがありましたが、私の場合は、たぶんそれが母だったと思います。私は基本的に、「人生は楽しくなければ意味がない」と思っていて、いつでも自分が楽しいと思えることをやりたいんです。

高校を卒業するときも、「大学に行ったほうがいいよ」と助言をくれた方もいました。でも当時、自分にとって楽しいのはどっちなのかを考えたときに、大学に行くことではなく、このお仕事を一生懸命やること、という結論になったんです。そのとき、いちばん近くにいる母親が、「あなたの人生なんだから、あなたが決めればいいんじゃない」と言ってくれて。母はもともとそういうタイプで、私はそれまでもいろいろなことを、全部自分で選択してきたんです。「あれをやりなさい」「これをやりなさい」というようなことを言われたことはほとんどなかった。

ある意味自由ではあったのですが、自由であるということはそれだけ自分に責任があるということ。幼いときからそうやって、私自身が選択してきた道を見守り続けてくれた母は、陽一をずっと陰で支えた陽一のお父さんと似ているかもしれません。

このお話では、バスケの面白さや仲間の大切さとともに、いじめについても大きなテーマとして描かれていますね。

実は私も小学生時代にいじめに遭ったことがあります。今となっては「なんでそんなことで？」と思うのですが、私はその当時から「ハーフっぽい」とよく言われていたんです。あるとき、「お前は外国人の血が入っている！」というようなことを、決めつけるかのようにすごく強く言われて、傷つきました。今ならそんなことを言われても何も思わないし、むしろ、はっきりした顔で生まれてこられてよかったと思うくらいですが、幼い自分にとっては、とても衝撃的な言葉だったんですよね。疎外感のようなものを感じていました。

結局どうやってそこから立ち直ったのかはよく覚えていないのですが、あるとき、家で母に泣かれたんです。私の様子がおかしいことに母がちゃんと気づいてくれていた。それが、立ち直るきっかけだったと思います。

小学生のいじめなので、パッと終わったというのもあったと思います。でもきっと、母が気づいてくれて、気持ちを吐き出すことができて、楽になったのではないかと。いじめに遭っていても、そのことを誰にも言えない子が多いといわれていますよね。家でも学校でも、どこにいても偽っていなくちゃいけない。それは本当につらいだろうなあと思います。

私自身、そういう経験があったから、それからは「人に意地悪はしちゃいけない」とずっと思っていました。中学とか高校時代って、仲間はずれにされがちな女の子がいますよね。私は群れをなすタイプではなくて、六人とか七人とかの大所帯で行動することはなかったんです。仲のいい子とふたりでいる——その「ふたりでいられる子」が、いろんなところにたくさんいる、という感じでした。だからそのときどきで、仲のいい子とふたりでいるときに、ひとり余っている子がいたら、その子を修学旅行のグループに誘ったりというようなことを積極的にしていました。

子どもの頃、疎外感を感じて嫌な思いをした経験もあったし、大所帯でないからこそ、気軽に声もかけられた。そもそも、そういう仲間はずれを嫌う子と仲がよかったので、すんなり「あの子も一緒に行こうよ！」と言えたのだと思います。でも、もし自分がひとりきりでもその子をかばうことができたかと聞かれたら、それはわかりません。友達がいたから声をかけることができたのかな、とも思ったりします。自分がされた経験があるから、できたことではありますが。

学生時代は「今」と「置かれた状況」がすべてだから、「この状況はどうしようもならない」と思ってしまったら、どうしたら人生がうまい方向に進むのかがわからなくなるというのも、理解できます。ただ、誰しも人生において一回や二回は「消えてなくなってしまいたい」と思うことがあると思うんです。ポジティブに生きている人は、もしかしたらないかもしれないですけど……。

でも、いじめによって今も自ら死を選んでしまう子がいるのは現実で、すごく悲しいことですよね。それはその「消えてなくなってしまいたい」という思いを本当に実行してしまうか、そうでないかの違いだけで、みんな心に弱い部分はあると思います。だから、そんなときに助けてくれる人が周りにひとりでもいたらいいし、それこそマンガでも小説でも、支えてくれるものがひとつでもあれば、状況は変わってくると思います。

陽一に対してH校の人たちがひどいことをしたときに、お父さんが学校に乗り込んでいって怒りますよね。そこで気づくことができる素直さがあるかないかが大事だと思います。

いじめを止めた人がまたいじめの対象になることもあったりして、それはおかしいと思うけれど、日本人はとくに群れをなすタイプだと思うので、周りの空気を悪い意味で読みあってしまえば、どんどん悪い方向に動いてしまう。でも、それこそバスケは、仲間内で空気を読みあわないとできないプレーがたくさんある。社会でも同じように、いい意味で空気を読みあえたら、きっと何もかもがうまくいくんだろうなと感じたりしました。

そういうこともひっくるめて、映画でもきちんといじめの問題も描かれているし、まずは学生のみなさんに観ていただきたいですね。リアルに「T校」のような場にいる人たち、バスケ部の子だったらとくに観てほしいです。夢は叶う……かもしれないよ、あきらめなければ。

でも、私みたいに高校時代から少し時間がたった人が観ても「懐かしいな」って思えるし、大人が観たらもっと懐かしく感じると思います。陽一とお父さんとの絆というサイドストーリーもあって、バスケだけではなく、陰でお父さんが支えてくれている、という家族のこともきちんと描かれているので、誰でも観られるし、観る人によって見方が変わるのかなという気がします。

現役バスケ部員の立場で観るのか、お父さんの立場で観るのか、マネージャーなのか。それぞれの人がそれぞれの立場で、この原作とはちょっとだけ違う映画版「走れ！　T校バスケット部」を楽しんでいただけたらと思います。

――――女優

この作品は二〇一二年十一月に彩雲出版より刊行されたものです。

また、本書はフィクションであり、実在の人物や団体とは関係ありません。

bjリーグの関係者、および都立神津高校の関係者のお名前の表記は、単行本に準じています。

走《はし》れ! T校《こう》バスケット部《ぶ》8

松崎洋《まつざきひろし》

平成30年8月5日　初版発行

発行人――石原正康
編集人――袖山満一子
発行所――株式会社幻冬舎
〒151-0051東京都渋谷区千駄ヶ谷4-9-7
電話　03(5411)6222(営業)
　　　03(5411)6211(編集)
　　振替00120-8-767643
印刷・製本―株式会社 光邦
装丁者――高橋雅之

検印廃止

幻冬舎文庫

ISBN978-4-344-42775-4　C0193　ま-16-8

幻冬舎ホームページアドレス　http://www.gentosha.co.jp/
この本に関するご意見・ご感想をメールでお寄せいただく場合は、
comment@gentosha.co.jpまで。